旦那の同僚がエルフかもしれません

竹岡葉月

富士見L文庫

Contents

1話

深夜のお客様が怪しいかもしれません

そもそもあまりファンタジーの素養はない人間だったのだ。

『ハリーポッター』は二作目で止まっているし、『指輪物語』の映画はエルフ役の人が格好いいという噂（うわさ）だけを頼りに頑張って観（み）た。

だから今目の前で魔法を使って魔物を倒している耳の長い人が、一般にエルフ族と呼ばれているのはなんとなくわかった。

「イブキ、とどめを」

「ああ！」

エルフの魔法使いの呼びかけに応え、刀を携えた勇者が巨大な敵を切り裂く。

魔物は胴体を切断され、迷宮の地面に骸（むくろ）が触れた瞬間、青い炎をあげて燃え上がった。

勇者がマントの内側で刀を鞘（さや）に納め、こちらを振り返った。

「ひばり……!?」

何やら愕然（がくぜん）とした様子だが、その表情（かお）はこちらがするべきものではないだろうか。

だって私の記憶が確かなら、この人は『ららぽーと豊洲』で買った上下丸洗いできる一万七千八百円のスーツを着て、朝出勤したはずなのだ。

＊＊＊

後々のことを考えれば、出会いや馴れ初めはきわめて普通だった。

ひばりの祖父が営む弁当屋『ときとう』は、京都市上京区、鴨川デルタ近くの商店街にあった。同志社などの総合大学も近いだけに、ボリュームのある鯵フライ弁当と、各種のお惣菜が人気の店だった。

ひばり自身は市内の高校を卒業した後、祖父を手伝い『ときとう』の店頭に立っていたのである。

「はい、鯵フライ弁当、大盛り一つですね。かしこまりました」

体格のいいジャージ姿の体育会系男子から注文を受け、厨房にいる祖父にオーダーを通す。

「おじいちゃーん、鯵弁大イチ、オーダー入りましたー！」

ひばりの祖父、新八はフライヤーの前で威勢よく「あいよう！」と返した。

『ときとう』の売りは、全て店内調理でできたてを提供することだ。衣をつけた鯵を揚げている間、ひばりは客から料金を受け取り、次の人の注文を聞き、弁当ができあがると箸とおしぼりをつけてビニール袋に入れていく。

「鯵フライ弁当、大盛りお待たせしました。ありがとうございます！」

商品をカウンター越しに手渡し、三角巾とポニーテールでまとめた頭を下げる。

（よしよし。このペースなら、鯵は終わりまでにはけそうだね）

ひばりが祖父と一緒に仕込んだお惣菜も、今日はまずまずの売れ行き。順調だと全てが嬉しい。

ランチタイムと夕方に続き、閉店前のラスト一時間は最後のピークタイムだ。ただ今、一人暮らしの夕飯用の弁当を買いにきた大学生が出ていき、代わりに入ってきたお客様が彼だった。

（──お、三輪さんだ）

黒っぽいスーツの上に、カジュアルなマウンテンパーカーを着込んだ、二十代半ばほどの青年である。名前は聞いたところによると、三輪伊吹といった。

襟足を短くした黒髪は天然なのか人工なのか少し癖があり、顔だちは比例するようにすっきりあっさりしていると思う。背丈は平均よりやや低めかもしれないが、姿勢がいいのであまり小さい印象がない。

この近くの会社で働いている人らしく、よく昼食や残業用の弁当を買いにくるのである。

「いらっしゃいませ、三輪さん。いつもの中華丼と豚汁のセットでいいですか？」

「はい。お願いします」

「大変ですよねー、今日も会社居残りですか」

ひばりの質問に、伊吹は人のよさそうな顔をほころばせて苦笑した。やはり図星らしい。

このお兄さんが頼むものは、だいたい一緒だから覚えてしまった。ちょうど今から一年ぐらい前にふらりと現れ、最初はひばりが勧めた通りに鯵フライ弁当を買っていった。そこからあまりに同じメニューが続くものだから、たまには気分を変えてと唐揚げ弁当を勧めたらそればかりになり、今は野菜を食べさせようと中華丼と豚汁のセットを定着させたところだ。

食にこだわりがないのかと思うが、「ここのものはみんなおいしいですよ」と伊吹は言う。弁当屋のひばりにも丁寧な物言いで、こうやって待っている間もふらふらしないでずっと真っ直ぐ立って、無理がない感じも好ましかった。

パートのおば様などは、伊吹を見て「可愛いじゃない」「体幹いいから、なんか武道でもやってるのかもね」と言うが、ひばりとしては舞踊の方がよほどしっくり来る感じだ。

なんにしろ荒事をしている彼が想像つかない。

「外、かなり寒いんですか？」

「え？」

「鼻とほっぺ、真っ赤だから」

できた弁当と箸を袋に詰めながら聞いたら、伊吹は慌てて自分の鼻をおさえた。見ろ、こんなに隙だらけなのだ。ひばりはおかしくて笑ってしまった。

今は京都でも一番冷え込む二月である。商店街にはアーケードがあり、表の天気がどうなっているかわかりにくいが、予報では夜から崩れるとあった気がする。

「……そうですね。雪にはまだなっていないですよ……」

「ごめんなさい。豚汁飲んであったまってください」

持ち手をねじったビニール袋を、彼に差し出す。

すると伊吹が、あらたまった調子で言った。

「時任さん。実はお話があるんです」

いきなり名前を呼ばれ、どういうことかと顔を上げた。

「僕が今いる京都支部が、三月いっぱいで閉鎖することになりました。四月からは、東京の本部勤務になります」

「閉鎖、ですか……」

「もともとこちらの人員を本部に回すために、僕が派遣されていたようなものなんです。時任さんには短い間ですが、大変お世話になりました」

嘘（うそ）だろうと思いたかった。けれど、伊吹の精一杯であろう真顔が、冗談ではないと言っていた。

とっさには、気のきいた台詞（せりふ）なんて出てこない。

「そ、そうですか……それは、寂しくなりますね……」

地元の人間でないというのは、ふだんの言動でなんとなくわかっていた。地理に疎そうだったし、イントネーションも癖のない標準語だった。

この放っておけば同じ弁当ばかり食べる、実直で物腰の丁寧な青年は、もうじきいなくなってしまうのか。東京では体に気をつけて、栄養のバランスも考えなさいと言ってくれる人はいるだろうか。残業ばかりで倒れたりしないだろうか。

思ったら胸が痛くて、そんな自分に驚いた。社交辞令のつもりで言った『寂しい』だが、今こうして寂しくてたまらなくなっている。

（あ、やばい。泣きそう）

嫌だ、行かないでよ三輪さん――言えないひばりはとっさにうつむいて、目にゴミが入ったふりをするしかなかった。

「それで、できれば僕としても、ここで終わりになるのを避けたいと言いますか」

「――え？」

「その、連絡先交換しませんか。よろしければなんですが」

もう一度、下げたばかりの顔を上げた。

伊吹はどこまでも真剣だった。ただ、外の気温のせいだと思っていた顔の赤さが、決してそれだけではないとわかってしまった。

「……はい。お願いします」

「よかった」

夢ではないだろうか。

終わりではなく続きがある。この人とまた会って、今よりもっと距離を縮めることもできるのか。

「おいこら、おまえさん方！　いつまでそうやってるつもりだ。続きはよそでやれ、よそで。後ろで客が詰まってるんだぞ！」

カウンター越しに見つめ合っていたら、業を煮やした新八にどやされた。

後ろにいたお客様にも冷やかされ、ずいぶん前から周りには歯がゆく思われていたと、その時初めて知ったのだ。

桜が咲くまでのわずかな時間を一緒に過ごし、それからはずっと遠距離だった。離れているがゆえのトラブルもあったが、それはどのカップルにも訪れるありがちなものだったと思う。交際から二年がたった今、こうして結婚しようとしているのだから。

(忘れ物はない——かな)

ひばりはコートを羽織ったところで、小一から使っている六畳間を、あらためて見回してみた。

弁当屋『ときとう』の二階。主要な荷物は先に送ってしまったので、今ここにあるのは向こうで使うことのない、学習机や本棚などの大型家具ばかりだ。高校時代の教科書などは、次に帰省した時に片付けようと思った。

最後にもう一度だけ、洋箪笥(ようだんす)を開ける。中はほとんど空っぽだが、扉についた鏡に自分の顔が映った。

肩までのばしたワンカールの髪。今日は沢山移動する予定なので、仕事中と同じポニーテールにしてある。

人生で一番似ていると言われたのはペコちゃんとキューピー人形で、薄眉とぱんぱんの頬肉からは逃れられない運命だが、健康だけは自信があった。

——よし。これからもこの自分で行くぞ。

「おじいちゃーん。私、そろそろ行くよー」

一階にキャリーケースをおろし、ひばりは厨房に顔を出した。

新八は開店前の仕込みの最中で、見慣れた白いユニフォームはこちらを振り向きもしなかった。

「おじいちゃんてば」

「なんだ。わしゃ忙しいんだ。見りゃあわかるだろ」

ああもう、この頑固ジジが。

「ごめんね。私『ときとう』継がなくて」

ひばりには両親がいない。幼い頃に、突然の事故で亡くなっている。それからひばりを引き取って育ててくれたのは亡き祖母であり、目の前にいる祖父新八だった。

本当は新八を手伝って、ここで『ときとう』を続けていくつもりだったのだ。伊吹にさえ会わなければ。

「絶対、無理だけはしないでね。パートの鈴木(すずき)さんと山田(やまだ)さんの言うことはよく聞いて、あと血圧の薬」

「ああやかましい。人の心配なんぞ百年早いわ」

「包丁向けないで」

湿っぽいことが嫌いな新八は、このままひばりのことを送り出すつもりのようだ。うっかり涙が出ても、手元で切っている玉ネギのせいにできるシチュエーションを選んだのだろうか。

「なら今からやめるか？　結婚」

「や、やだやだ。それは駄目」

「だろ？」

――でも、それでいいかと思った。ひばりも悲しい気持ちで出て行くのは嫌だ。

「わかった。なんなら向こうで、『ときとう』二号店作っちゃうよ」

「おー、作れ作れ。開店祝いに花輪出してやるから。ギンギンギラギラの」

あ、むかつく。本当にやってやろうと思った。

裏口から店を出て、引っ越し単身パックで送れなかった私物入りのキャリーを引き、二十四歳まで育って見慣れたアーケードを通って駅に向かった。

『大丈夫？　東京駅まで迎えにいくよ』

京都駅から新幹線に乗り込んだら、伊吹からチャットアプリで連絡が来た。

『平気だよ。住所はわかってるし』
『了解。じゃあ待ってるよ』

伊吹は一足先に東京の新居に入居し、荷ほどきと片付けをがんばってくれているはずだった。

(優しいなー、ＭＹ彼氏君は。というか旦那君になるのか)

二年という歳月は、かしこまった敬語をお互いタメロに変えもする。

それだけの間新幹線の距離にいて、伊吹が暮らす東京には何度か行った。大都会恐るるに足らずと思うが、いざ名古屋や新横浜を通過し、車窓に丸の内のゴリゴリな巨大ビル群が見えてくると少しびびる自分がいる。

迷ったら最後の気持ちで東京駅の乗り換えを突破し、地下鉄に揺られること二十分少々。

伊吹が教えてくれた新住所は、中央区の佃という場所だった。

東京湾に近く、江戸の昔に隅田川河口の中洲を埋め立てて造成した人工島なのだそうだ。かかる橋を渡れば、ニュースでよく聞く築地や銀座があるらしい。

明治以降は月島や勝どきといった近隣の埋め立て拡張工事が進み、現在は豊洲や晴海も含めたベイエリアの再開発に沸いているという。

（おー、いきなりタワマンがどーん。そしてでっかい陸橋がどーん。さらに山が——見えない！）

地下鉄の月島駅を出ても、ひばりはすぐに家の住所へは向かわず、その辺りをふらふらしてみた。

駅の近くには『月島もんじゃストリート』こと月島西仲通りという商店街があり、こちらも観光客でかなり賑やかな感じだ。もんじゃとはお好み焼きと同じように鉄板を使う粉物だそうで、東京下町のソウルフードらしい。店内ではお客がみな自由にじゅうじゅう焼いており、歩いていても焦げたソースのいい匂いが漂ってきた。

商店街を一歩離れた川沿いは、リバーサイド○○を謳う大規模なタワーマンションが建ち並んでいる。整備された遊歩道の先を、海のような水量と川幅の隅田川がとうとうと流れていた。内陸の盆地にあった京都市内とは、街の構造からして違うようだ。

水上バスが優雅に航跡を描く様子や、引き込まれた水路に浮かぶ屋形船、勝鬨橋の二連アーチを写真におさめてから、あらためて新居に向かった。

（なんか……急にのどかな雰囲気に）

お堀にかかった赤い太鼓橋を渡ると、町並みが一気に下町めいてくる。きっと一番古い、中洲の島だったエリアに来たのだろう。一軒一軒が密集した古い住宅地で、まるで間違い探しのように小さな神社や赤い鳥居が現れる。そしてどこからともなく漂う、煮詰めたお醤油の匂い。

（佃煮屋さんがある）

匂いに惹かれて路地の裏手に行くと、江戸前の佃煮屋を見つけた。しかも一軒だけではない。なるほど、だからここの地名は『佃』なのかと腑に落ちる。

（銀座徒歩圏とは思えないのどかさだね……って、だから伊吹のとこ行くんだってば）

さんざん寄り道をしながらアプリのマップを頼りに歩き続け、ついに細い道の先にゴールとばかりに伊吹本人が立っていた。

「伊吹！」

「ひばり、お疲れ」

伊吹はカジュアルなボタンダウンシャツとデニムのパンツ姿で、ひばりを見つけて大きく手を振った。思わず駆け寄って、再会を喜ぶ。

「なんでこんなとこにいるの。うわ、手ぇ冷た」

「家の中にいても落ち着かないんだよ。迷わなかった？」

「なんで銀座と銀座一丁目駅が駅名違うのに同じ駅扱いになってるのか、意味わからなかった」

　その乗り換えは初心者には厳しいと、東京人の伊吹にはっきり言われてしまった。文句は検索の最安ルートで提案してくる、乗り換えアプリに言ってほしいと思う。

　伊吹の肩越しに、生け垣に囲まれた古い木造の一軒家が見えた。

「もしかしてここに住むの？」

「そう、そのつもり」

「うっわあ、アンティーク……！」

　飛び石を渡って、家の中に入る。洋間の応接室に、居間と客間で和室が二部屋。ダイニングテーブルが置ける食堂兼台所と、風呂場に脱衣所。二階にも和室がある。

　二階の窓を開けると、下の純和風の庭がよく見えた。

「ち、中央区でこれって、めっちゃ高くない？　伊吹社宅借りるって言ってたよね」

「うん、実際本部で所有してる物件なんだよ。二人で住むにはちょっと広いかなと思ったんだけど、家賃安いのは捨てがたくてさ……」

それは確かに魅力的だ。先立つものは銭とも言う。

「俺たちを住まわせて管理させれば、維持費も安くあがるってことなんじゃないかな。あそことか、ちゃんと塞いでない井戸だから近づかないでって言われてる」

言われてみれば、庭の茂みに埋もれるように、石造りの井戸らしきものが見えた。変色した戸板が渡してあり、千切れかけの紙垂と白い徳利が置いてある。

なるほど、そういう理由があるなら、格安は理解できる。

ひばりは急に力が抜け、へなへなとその場に座りこんだ。

「……気に入らない？」

「そうじゃないの。ほっとしたら気が抜けただけ。やっとついたんだなって」

なんだかんだと京都からここまで、気を張っていたのだと思う。

伊吹が目を細め、そんなひばりの斜め前に膝をついた。畳の上の手に手を重ね、それから軽く唇を重ねる。

薄着で外にいた伊吹は、やっぱりひばりよりも冷たかった。

「これからはずっと一緒だ」

「うん、そうだよね。すっごいうれしー……」

もう新幹線の時刻表を気にしたり、次はいつ会えるかとカレンダーに書き込んだりする必要もないのだ。伊吹の仕事が忙しく、延期やドタキャンも一度や二度の話ではなかったのである。

まだ物が少ない座敷（ざしき）にくっついて座って、家の内装を眺めながらこの先の話をした。

「いいところだよ、このへんも。築地や豊洲も近いし、川沿いは桜がいっぱいあってさ。春になったらお花見に行こう」

「私お弁当作るよ」

「いいの？」

「毎日ご飯作るのと一緒だよ。なんならふだんの会社にも持ってく？」

何か伊吹が、言葉もなく感動しているようだ。

「あとそうだ、婚姻届は？」

「区役所で貰（もら）ってきたよ。あとはひばりが署名してくれたら、すぐ出せる」

なるほど用意がいい。

段ボールとクリアファイルの上に書類を広げて、ペンで自分の名前を書きながら、考えていたのは漠然とした幸せや未来についてだった。

世界の危機とか剣と魔法のファンタジーとか、当然ながら勘定には入れていなかったのである。

＊＊＊

「はいはい、もうすぐ終わるよー。がんばれゆうじくーん」

「んぶぅふぇふびー！」

「もうちょっとだー」

歯科クリニックの診察室から聞こえてくるのは、器具が歯を削る音と先生のかけ声、そしてたまにお子様の泣き声。

きゅいいいいいいいん。

「ぴぎゃー」

子供特有の超音波と、ドリルの高音が交互に響く。

歯の治療はクライマックスを迎え、しばらくすると顔を真っ赤にして涙まみれのお子様と、それ以上にげっそりした顔のお母様が連れ立って待合室に戻ってきた。

受付の椅子に座るひばりは、まずお子様を目一杯ねぎらった。

「ゆうじくーん、がんばったねー。えらいよー」

「ん」

間を置いてお母様には診察券と保険証の返還、そして次回のご予約についてのお話をする。見送る時は「ありがとうございます」ではなく、「どうぞお大事に」と言う。

思えば『ときとう』のお客様は、自分からおいしいものを買いに店を訪れ、ほくほく顔で出ていく人ばかりだったなと思う。あれはかなり幸せな奇跡のもとに成り立っていたわけだ。

伊吹と結婚するため東京に越してきたのが、二月の半ば。今は年度も明けて四月だ。仕事はどうせなら飲食以外の仕事をしてみようと、築地の歯科医院で受付のパートを始めてみた。

ここで『ときとう』二号店の開店資金を貯めようと思っているが、色々気づきも多いのだ。

「三輪さーん、今ので午前の患者さん最後だったよね。お昼入っていいよ」

「あ、はいっ。ありがとうございます」

背後からこの『築地ひまわり歯科クリニック』の院長、影山が声をかけてきた。

本人は名前に影があるのを気にしているらしいが、院内の雰囲気もご本人も明るくなるよう心がけて立派だと思うのだ。

お昼は院内のスタッフ休憩室でいただく。

（やれやれ、やっとご飯にありつけますわ）

パートのために新しく奮発して買った曲げわっぱの弁当箱の蓋を開けると、現れるのは黄色い薄焼き卵で包んだチキンライスだ。

リーフレタスで隙間を埋めつつ、副菜にミニトマトと唐揚げも入れた、いわゆる鶏×鶏オムライス弁当だ。ここまで自転車をこいで来るため、移動中にケチャップでおかずが汚れる危険を加味して卵の上にかけるのは乾燥パセリだけにしたが、ご飯にも薄焼き卵にもしっかり味をつけたので、物足りない印象はないはずだ。一見プレーンな卵焼きと思わせて、箸を入れるとケチャップ色のご飯と人参（にんじん）やグリーンピースが出てくるご機嫌な仕掛けである。

（ん、冷めてもおいしい。塩加減ばっちり）

もぐもぐ食べながら、同じものを食べているであろう伊吹のことを考える。

全部自分で作ったので今さら驚きもないが、伊吹には少しでも楽しんでもらえたらいいと思うのだ。

「わー、三輪さんのお弁当、相変わらずおいしそう」

一緒に休憩に入った及川菊花（おいかわきっか）が、ひばりの向かいに腰を下ろした。

彼女はひばりと同年代の歯科衛生士だ。本日のランチは、コンビニの新作サラダとサンドイッチのようである。

「いぶき……旦那のぶんを作るついでですから」

「そうだよねー、新婚さんなんだもんねー。私には未知の領域すぎてさっぱりだわ。ぶっちゃけどんな感じ？　結婚してみて」

まるでインタビュアーのように、ストローを挿す前のオレンジジュースパックをつきつけてきた。

最近彼氏と別れたばかりだという菊花嬢は、婚活にも興味があるらしい。

──どう、と言われても。

「良かったなーって思いますよ。一緒に暮らしてみないと、わからないことってありましたし」

「へえ、たとえばどんな？」

「テレビでお笑い番組見てると、やたら顔怖くなるんですよね。つまらないのかなって思ったら、むしろツボにはまると際限なく笑っちゃうから、顔面に力入れてたみたいで」

「……写真見せてもらってもいい？」

「こんなんで」

「このさわやかそうなイケメンが!?」

「しかもすごい時間差で思い出し笑いするんです」

「ご職業ってなんだっけ」

「なんか、どっかの財団法人の職員らしいです。『MKL』ってご存じですか？　非営利で国際交流とかフェアトレードとかやってるって話で」

「ごめん知らない」

「わかんないですよね、NTTとかPTAとかFBIとかいっぱいあって。私もいまいちよくわかってなくて」

　ひばりは苦笑した。

　とりあえず、旧姓の時任ではなく三輪と呼ばれることに関しては、だいぶ慣れた。方向感覚の手がかりに、山を使わず歩くことも修業中だ。

　しかし同じ家に住んでいても伊吹は相変わらず忙しく、たまに電話で知らない土地の話をしている。急な出張や休日出勤も多く、言うほど二人の時間があるわけでもないのは予想外だった。

　それでも新幹線の距離にいた頃に比べれば、何もかもずっとましだろう。

「あ、でも、ありました一個。困ったこと」

「なに、なに。教えて」

目を輝かせて迫ってこないでほしいと思う。

「別にすごく嫌ってわけでもないんですけど……夜遅くに同僚の人とか取引先の人連れてくるのは、ちょっとなーって思ったりもしますよ」

「えー、何それ。夜中につまみとか作らされるってこと⁉　最悪！」

憤慨するのとブリックパックにストローを突き刺すのがほぼ同時で、オレンジジュースが休憩室の壁まで噴出された。院長に見つかるとことなので、ひばりたちは慌てて痕跡を雑巾で拭いた。

「そっかー。やっぱ色々あるわよねー。いくらイケメンで高収入でもね。うん。気をつけよう」

「そこまで嫌ってわけじゃ」

「注意一秒怪我一生。目先のおいしい餌に飛びついちゃ駄目よ菊花」

菊花は一人ぶつぶつと、己に言い聞かせている。

ひばりとしては、料理を作ること自体は唯一の取り柄と言ってもいいので、前言の通りそこまで苦でもないのである。

ただ、ただだ。

これを菊花に言っていいものかわからないが――どうも伊吹が連れてくるお客様は

『変』な気がするのだ。

＊＊＊

『ごめん。これから三人連れていきたいんだけど、なんとかなる？』

パートが終わって先に夕飯を食べていたら、伊吹から連絡が来て目をむいた。

（待って待って、急に言わないで伊吹）

慌てて胸を叩(たた)いてご飯を飲み込み、ダイニングテーブルに置いたスマホに返信を打ち込んだ。

『いいけど、もうちょっと早く言って』

『ほんとごめん』

ほんとだよ。

伊吹の職場は東銀座(ひがしぎんざ)にあり、佃のこちらまで歩こうと思えば歩けるし、電車やタクシーを使ってもすぐだ。つまりあまり時間的猶予はない。旦那の職場が近いというのも、こうなると考え物かもしれなかった。

とりあえず急いで自分の食事をかきこんで終えると、皿は流しへ移動させた。

伊吹に出すつもりだったハンバーグと付け合わせは、潔く明日の弁当に回すことにした。

炊飯器のご飯は、みんな握っておにぎりにしてしまおう。三つに分けて一つは米酢（こめず）とゆかり、もう一つはごま油と塩昆布、もう一つは枝豆とプロセスチーズを混ぜ込み、三色おむすびにすれば見栄えもいい。

弁当用に卵だけは沢山買ってあるので、出汁（だし）をきかせて分厚い出汁巻きを焼く。あとは旬の春キャベツを塩麹（しおこうじ）で揉（も）んで浅漬けにし、ご近所の佃煮（つくだに）屋さんで買った『いかあられ』でも出せば上出来だろう。

（――よし。もうなんにもしないぞ）

超特急で主要な料理を作り終え、ひばりは額の汗をぬぐった。

どれもこれも時間がたって味が落ちるものでもないので、おにぎりの皿にラップだけかけて終了とする。

後は台所でダイニングセットの椅子に座って、出汁巻きの切れ端や混ぜ込まなかったチーズや枝豆の余り――作り手の特権だ――をつまみながらビールを飲んでいたら、玄関の呼び鈴が鳴る音がした。

「帰ってきたなー、伊吹のやつめ」

口の端についた泡をぬぐい、ひばりは立ち上がった。

玄関の引き戸を開けると、スーツ姿の伊吹が客人を連れて立っていた。

「ただいま。ごめん急に。ええっと、こっちから順にアロイスさん、ヒースさん、ギリムさんね」

紹介する名前の響きでわかるように、伊吹が連れてくるお客様は、大抵が外国人だった。今回もそうらしい。

「どうも奥様。アロイス・ナンバーエイトです。本日も大変お美しい」

流ちょうな日本語とともに握手を求めてきたのは、線の細い金髪の白人だ。

虹彩がはっきりわかるほど薄いブルーの瞳に高い鼻梁、微笑みをたたえた口許の優雅なこと。クラシカルな美貌に反し服装はかなりカジュアルで、今日は黒いフード付きの上着にスケーターパンツ、そしてニット帽を深めにかぶっていた。まるでお忍びで来日中のハリウッド俳優のようだ。

彼はひばりの手を取り、流れるようにその甲へ口づけしようとして、伊吹に光の速さで後ろ襟を引っ張られていた。

「アロイスは、前にも会ったことあるよね。一緒のチームで働いてる、俺の同僚」

「挨拶しただけなのに……」

「そのやり方古いから」

二人めのヒースさんとやらは、アロイスに比べると筋肉質の軍人風だった。

「よろしく。ヒース・アルバントだ。私も彼らと共に働かせてもらっている」

年の頃は三十歳前後だろうか。栗色の髪を短く刈り込んだ、精かんな顔だちの男性だ。

デニムと黒いカットソーの上から襟付きのジャケットも着ており、当然のように握手を求めてくる。

(……刺青)

ただし握手した手や顔の一部に文様が刻まれており、タトゥー文化に慣れていないひばりとしては、ややぎょっとしてしまう。

そして最後の一人――ギリムという人は、かなり年上に見える。

「ギリムさん、あんまり女性と喋らないんだ。宗教上の理由だから気にしないで」

「そ、そうなんだ……よろしくお願いします」

「専門職で、すごく尊敬できる人なんだよ」

ひばりの胸ほどとひどく小柄ながら、体つきはがっしりしていて、酒でも飲んでいるかと思うほど赤ら顔の人だ。サンタクロースばりの、たっぷりしたヒゲをたくわえている。開襟のアロハシャツにパナマ帽をひっかけた南国スタイルで、そして足下はなぜか雪駄（せった）履きだ。

ひばりを一瞥（いちべつ）してにこりともしないのも、やはり宗教上のことなのだろうか。

「あの、それじゃあ皆さん中に。どうする伊吹、お座敷（ざしき）？　それとも応接間の方が楽だったりする？」

「居間のテーブルでいいよ。ソファじゃ食べづらいと思うし」

伊吹と客人を一階の座敷に送り出し、作り置きしていた料理を酒や烏龍茶（ウーロンちゃ）などと一緒に提供する。

夫は屈託なく客人たちと喋っている。

（うーん、多国籍）

こういう時ひばりの頭の中は、『国際化』『多様性』『インバウンド』といった言葉が、ぐるぐると順繰りに回っている。ひばりがいた京都も、観光国際都市だった。これしきでたじろいでいては、桜と紅葉の時期の京都市内を歩けないのだ。

台所で洗い物をしていると、その客人たちがヒートアップしている声が聞こえてくる。

「いいや、それは違うぞイブキ！　そのやり方では、ランズエンドの諸侯は誰も納得しない」

「でもヒース、現実問題として俺たちが間に立たないと。魔族側は、大戦後の残党の活動には関知しないって言ってるんだ」

「いっそ国境線なんて取っ払いませんかね。たかだか千年ちょっと前にはなかったんですから。原初に還りましょう、原初に」

「長耳の感覚につきあっていたら滅亡するぞ！」

なんか盛り上がってるなあとひばりは思う。特にヒースは下戸らしいのに、一番声が大きい。議論の内容自体は、相変わらずさっぱりだが。

「――これ、どうすればいい？」

伊吹が使用済みの皿とビール缶を持って、台所に現れた。

「ありがと。そこのテーブルに置いておいて」

「ひばりの料理、大好評だよ。みんなおいしいって言ってる」

「本当？　外国の方のお口に合うか、かなり心配なんだけど」

何せ毎回来るのが突然だし、間に合わせの簡単なものになってしまうのだ。今日なんて出汁巻きとおにぎりと浅漬けである。

伊吹は小さく笑った。

「いいんだ。確かにみんなふだんは違うものを食べてるけど、だからこそひばりの料理を食べられるのが嬉しいんだよ」

「そういうもの……？」

「俺が職場で弁当食べてると、みんな冷やかすんだよ。むしろおにぎりとか、日本ぽいものを食べてみたいんじゃないかな」

さらりと言ってくれるが、職場でそんなさらし者のような目にあっていたのかと思うと、顔から火が出る思いだった。

「もう。つまり伊吹が悪いってことじゃない！」

「なんだよ。隠れて食べるとか嫌だろ」

「そうだけど、何言われながら食べてるの！」

恥ずかしさのあまり、伊吹の背中を『グー』で叩いてしまった。

あらためて居間の方を覗いてみたら、アロイスとヒースがキャベツの浅漬けをつつきながら議論を続けていた。すぐに激昂するヒースを、酩酊するアロイスがのらくらとかわしているだけにも見えるが。

ひばりと口もきかなかったギリムは、買い置きしていたビールを煽りながら、黙々とゆかりおにぎりを食べている。確かに、口に合わないというわけではないようだ。

「な？」

「ううむ……」

今後伊吹の弁当は、あまり変なものを入れないよう気をつけようと思った。サイズがちょうどいいと入れていたキャラもののカマボコとか、佃煮屋さんのイナゴとか。何せ職場の皆様の目もあるようなのだ。

「——いやあ奥様、実に見事なディナーでした！」

お開きの時間になり、玄関先に移動してもなお、アロイスは流ちょうに喋り続けていた。

「恐縮です、ナンバーエイトさん。大したお構いもできませんで……」

「アロイスと呼んでください、奥様。特筆すべきはあの絶品の出汁巻き！　老舗の割烹もかすむ味わいでしたよ。白百合もかくやの美しさに加え料理上手とは、いやはや実にイブキが羨ましい。あの時僕も京都に行っていればもしやと、己の選択が悔やまれてなりませんよ」

「おまえもう帰れよ。さっさと帰れ」

同僚のはずのアロイスに、伊吹があまり見たことのない冷淡さで『しっし』と手を振った。

「知っているよイブキ。そういうのを『けち』とか『いけず』って言うんだ」

「用は済んだはずだろ。部長に報告してくれよ」

「その通りだ。早くしろアロイス」

　ヒースとギリムは先に表に出ており、ヒースの叱責が飛んでくる。アロイスは懲りずにひばりに向かって片目をつぶり、玄関を出たところで伊吹が素早く戸を閉めた。

「……調子にのりすぎだぞあいつ」

「なんか楽しそうな人だね」

　そうとしか言えない。お世辞にも技術がいるというのが、ひばりの持論だ。酔っても素面でもよく回る舌は、素直に羨ましいと思ってしまった。

「そう言ってくれるとありがたいけど」

「とりあえず、お座敷片付けよ。伊吹も手伝ってよね」

「それはもちろん」

　やらないと眠れないのだ。

　一階の居間に戻って、食べ終えた料理の皿やグラスを台所に持っていく。

　伊吹が皿を洗っている間、ひばりは座卓を布巾で拭くことにした。

「……あれ、これは……？」

「どうかした？」

「ねえ伊吹、これもしかしてアロイスさんのじゃないの？」

座布団の間に、銀色の指輪が落ちていたのだ。

サイズは男物で、デザインも女子向けではなくかなりハードだ。伊吹のものではないし、今日のメンバーではアロイスが、こういう指輪を両手に沢山つけていた気がする。

伊吹が手を濡らしたまま顔を出す。

「あ、それは……」

「アロイスさんだよね。ちょっと私、行ってくる！」

「ひばり！」

制止の声を聞き流し、ひばりは玄関のサンダルをつっかけ、家を飛び出した。

確かアロイスたちは、近くのコインパーキングに車を駐めていると言っていた。急いで走れば、出発前にぎりぎり追いつける自信があった。

街灯が照らす人気の無い夜道を走り、お堀にかかる赤い太鼓橋を渡る。

（よかった。いた！）

あたりをつけていたコインパーキングの一つに、黒のミニバンが駐まっていた。車の近くで電話をかける、アロイス・ナンバーエイトの姿もあった。

「そうです部長、イブキのところにお邪魔してきました。例の自慢の奥さんの手料理で一杯やって。あいつ幸せすぎてハゲませんかね」

なんとなく声をかけそびれ、物陰に待機してしまったのは、自分たちのことを話題にしているようだったからだ。

ここで出ていくのも気まずくて、ついつい話が変わるのを待ってしまう。

「いえ、求められてもございませんよ僕の方にそういう魔法は。本当です、増やす方もないです」

アロイスはさきほどのテンションが嘘のように淡々と喋りながら、スマホを握っていない手でかぶったニット帽の隙間をかいている。どうも暑くて蒸れるようだ。乱暴にかくうちに、帽子の下から人間離れした長い耳が飛び出し、それを無理矢理押し込んで戻していた。

ひばりは目を疑った。

「ええ、一応方針は決まりました。領主のハーヴ公は嫌な顔するでしょうが、うちが直接乗り込んで仲介にあたります。彼らが欲しいのは、ヒトと同等の漁業権だ。魔王軍残党と関わりがないことを証明すれば、文句は言えないはずです。うちから何人か送り込んで睨みをきかせる感じで。詳細は後ほど。じゃ、いったんそっちに戻ります」

通話を終えると、そのままアイドリング中のミニバンの助手席に乗り込んだ。

車がパーキングを出ていく。物陰にいたひばりは、彼らのヘッドライトの明かりにもぎりぎり入らなかった。

（今の――なに？）

ただ話しかける機会をうかがっていたひばりは、けっきょく何もできずに一部始終を見守ってしまったのである。

家路をたどりながら考えた。

三輪ひばり。今月ちょうど二十五歳になったところだ。目立った既往歴はなし。お酒は――飲んでいる。

伊吹が帰ってくるのを待っている間に、缶ビール一本だけだが、思っていたより酔っ払っていたのだろうか。

なんだあのアロイスの不思議な耳は。

（ファッション、付け耳、ファンタジーのエルフ族のコスプレ……じゃなかったら……）

これでもアルコールは強い方だと自負していたのに。

仮にあれがファッションの付け耳だとして、そのファッションを帽子の中に隠している理由はなんだろう。四月にあのニットは暑いだろうなと思ったし、実際に蒸れてかゆそうだったではないか。かいていたのは耳の付け根に加えて、先端もだった。付け耳なのに、先の先まで神経が通っているのはおかしくないか？

おかしいというなら、これまでのことだってそうだ。ひばりがあえて不問にしていたあれやこれやが、芋づる式に頭をよぎる。

前々から伊吹の連れてくるお客は変だったのだ。この間アロイスと来た人は異様に毛深く、その前の人は鴨居（かもい）どころか天井に頭をぶつけるほど大柄だった。野菜や汁物には手をつけず、一番喜んでいたのは鮪（まぐろ）の刺身だった。

例によってひばりは『国際化』『多様性』『インバウンド』の単語で己を納得させ、新婚の旦那の客ということもあって「次は馬刺しもお出ししよう」などと呑気（のんき）に思って今日まで来てしまった。ひょっとして、流してはいけなかったのではないか？

もんもんと考えながら自宅に帰ってくると、伊吹が心配顔でひばりを出迎えた。

「遅かったじゃないか。何してたの」

「ごめん……」

「指輪は渡せた？」

「……できなかった。もう出発してたみたいで」

「そっか。たぶんそうだと思ったんだ」

思わず手の中の指輪を、握りしめた。

一番わからないのは、目の前にいるこの人だろう。

お客様の外見や挙動が怪しいとして、そういう人を次から次に同僚として連れてくる伊吹は何者なのだという話だ。

「ねえ、伊吹」

「ん？」

「今日のことで、何か私に言うことない？　ほら、この際いい機会だから言っておこうでもいいけど」

「何かって……」

すがるように目を見て訊ねたら、彼はその場で考えこみ、ようやく一つ思い至ったとばかりに破顔した。

「今日は本当に助かったよ。ありがとう、ひばり」

ただの感謝かい。

その微妙なまでの『間』とか、真面目に考えた感じの果ての笑い方とか、あまりにいつもの伊吹すぎて、だからこそひばりは混乱した。一番信用しているはずの彼が、急に見知らぬヒトに見えてしまったのだ。

(……私……実は伊吹のことほとんど知らないのかも)


夜、二階の和室に置いた低床ベッドで、三輪伊吹は穏やかな寝息をたてている。

同じベッドにいるひばりのことを、信用しきっているのだろう。

もちろん、知っていることもちゃんとある。好きなお笑い番組は、毎回ちゃんと録画している。生まれは東京都の大田区(おおたく)。ご両親とお兄さんが、そちらに健在。高校時代に事故にあって、一年留年している。決して強い言葉を使わない、穏やかで真面目な人だ。ずれたところも愛(いと)しいし、ひばりのことも愛して大事にしてくれていると思う。

でも、伊吹の仕事に関してはどうだろう。

遠距離だったせいもあり、国際関係の財団法人に勤めており、激務で出張も多く忙しい人――ぐらいの理解度で結婚してしまった自分がいる。

(だって！　しょうがないでしょ好きになっちゃったんだから！)

もう離ればなれはこりごりだったのだ。

及川菊花は言っていた。いくら条件が良くても、気をつけなければならない人はいると。

自分は決して条件ありきで動いたわけではないと思うが、好きの一点突破で結婚式も後回しに入籍してしまったのは、はたして正解と言えるのか——。

わからない。

考えても考えても答えが出ない。

「わかるかもう」

悩みの当人が寝返りを打ったが、ひばりはそのまま反対をむいて布団をかぶった。頭が煮えてウニになりそうだった。

＊＊＊

「おはようひばり」

「うん、伊吹もおはよう——」

がっつり寝不足のまま朝起きて、伊吹とまた顔を合わせた。

お互い簡単に身支度を整えると、一階の台所に立つ。

ひばりが出勤用の弁当を作り、その間伊吹は朝のコーヒーを淹れパンをトースターにセットして焼く。各自の役目というか、ルーティンワークだ。今日は木曜で、歯科クリニックのパートはない。作るのは伊吹のぶんだけでいい。

(昨日出しそびれたハンバーグは、一回ちゃんと火を通そう)

少しの水を入れてハンバーグを蒸し焼きにし、そこに刻み葱とみりんと砂糖と牛乳、そして赤味噌を加えて煮からめる。水が多かったら小麦粉でとろみをつけ、弁当用味噌煮込みハンバーグができあがりだ。

弁当箱に炊いたご飯をつめ、レタスで仕切りを作ったら、今できたハンバーグをメインに、常備菜のきんぴらや紫キャベツのマリネ、ミニトマトやうずら卵をバランスよく敷き詰めていく。

(よし、できた)

完全に冷めるまでは、このまま置いて蓋を閉めない。

「ひばりー、パン焼けたよ」

伊吹の言葉に、現実へ引き戻された気がした。

彼は薄水色のワイシャツにブルーグレイのネクタイを締め、下は濃紺のスラックス姿。トースターから取り出した食パンを、それぞれの皿に移している。ダイニングテーブルには、コーヒーメーカーで淹れたコーヒーが二人分湯気をたてていた。

　習慣とは恐ろしいもので、どれだけ頭の中でぐるぐると悩み考え続けていても、手はいつも通りに動いて弁当を作ってしまったわけだ。

　ひばりは自分の席についた。

「そういえば昨日の指輪さ、どこに置いた？　俺がアロイスに渡しておくよ」

　そう言う息吹の指にも、指輪ははまっていた。左手の結婚指輪だ。婚約指輪も結婚式もパスしたが、これだけはと思って二人で買った。

　指輪の交換は普段着で、隅田川テラスでベンチに座って。伊吹が言っていたように、護岸沿いの桜が綺麗だった。

　これからも一緒にいよう。朝はコーヒー淹れてパン焼いて。そんな話をした。

　なのに目の前にいるこの人は、いつも通りの誠実そうな顔をして、肝心なことをひばりには見せようとしない。

　なら自分は、彼の何を好きになった？

「……れた」

「何？」

「忘れたよ。わからない」

それだけ言って、両手でマグカップを包み込んで庭の方を見た。へたなことを言うと泣いてしまいそうだった。

「……やっぱりひばり、昨日から変だよね。どうかした？」

「自分の胸に手をあてて、聞いてみたら？」

「つまり、家に誰か連れてくるのはもう嫌だってこと？　そういうことだよね。わかった、ひばりの気持ち考えないで無理させすぎたよ」

――なんで。

なんでそうなるのだ。

思わず目を見開いて、目の前で謝っている男を愕然と見返してしまった。

「言い訳になるけど、ひばりのご飯本当においしいからさ。冷やかされてるって言っても、みんな根はいい奴なんだよ。でも、ひばりが嫌ならもうやめる。約束する」

「そうじゃない！　ぜんぜん違うし！」

涙目で伊吹を責めた。彼は全身で驚いていた。

なら何が原因なのだと、ひばりに訊ねたいのだろうが、こちらが全身毛を逆立ててにらみ続けるものだから、それも叶わない。

けっきょく伊吹は困惑しきった様子のまま、壁の時計を見上げた。出社の時間が迫っていた。

「……とりあえず、行くね。後でまた話し合おう」

呼びかけの声は優しかったが、ひばりは黙り込んで返事をしなかった。後で話し合うと言っても、彼が自分から秘密を明かしてくれるとは思えなかったからだ。きっとまた、とんちんかんなことを言ってごまかされるに違いない。

伊吹が一人、玄関を出ていく音がする。ひばりは台所の椅子に座ったまま、背中を向けてそれを聞いた。

「ちくしょー」

本格的に落ち込み膝を抱えた時、ダイニングテーブルに置いていた自分のスマホが震えだした。

京都の祖父、新八からの着信だった。

（おじいちゃん？　何かあった？）

慌てて通話に出た。

「もしもし？」

『おう、ひばりか！　わしだ。どうだ、元気にしとるか？』

予想に反して活き活きと威勢のいい声が飛び出してきて、ひばりは懐かしさと安堵に胸がつまって仕方なかった。

「おじいちゃーん……」

『あのな、宇治のハルおばさんいるだろ。今年も新茶を沢山送ってくれたんだわ。タケノコと一緒に、そっちに送っておいたからな。おまえさん、タケノコの下処理のやり方は知ってるよな』

「知ってる。知ってるよ……」

新八から直々に習ったのだ。

『よし。伊吹君にも食わせてやんな。仲良くやれよ』

――仲良く。

今、それを言わないでと思った。

正直つきあってきて、今が一番破局の危機かもしれない。

でもそんなこと、電話で新八に言って心配かけるわけにはいかなかった。ただでさえ血圧の薬が手放せないのだ。

通話を終えた時、ひばりは昔のことを思い出していた。

あれはまだ小学校中学年の頃だ。祖父母から包丁や火の使い方を習って、拙いなりに料理を作るのが楽しくて仕方なかった時期。

『どう、おじいちゃん。おいしい？』

ひばりが作った、具がたがたのカレーライスを食べながら、新八はしみじみした顔をしていた。そしてスプーンを置いて言った。

『あのなあ、ひばり。今はひばりのご飯をおいしいって言うのは、じいちゃんとばあちゃんだけだけどな。でもな、待ってろ。そのうち食べてびっくり笑顔になる奴は、もっと増える』

『ほんと？』

『本当さ。ひばりにとっての、とびっきりの一番も見つかるからな』

祖父の予言は、実際に『ときとう』の店頭に立ち、沢山の笑顔のお客様と接することで、こういうことかと実感できたのだ。お弁当やお惣菜(そうざい)のあれがおいしかった、また買いたいと言われることが楽しみで楽しみで。

（それを捨てちゃったんだな、私……）

この気持ちを自嘲というのかもしれない。

後先考えず、京都にみんな置いてきてしまった。とても大事なものだったのに。

かわりに選んだ『とびっきりの一番』のはずの人は、巨大な隠し事をされてケンカ中という有様(ありさま)だ。

「伊吹のアホー。弁当忘れてるじゃないかー」

おまけに流しに食器を戻しに行けば、流し台に蓋が開いたままの弁当を見つけて、本格的に泣けてきてしまった。せっかく作ったのにひどすぎる。

（…………いや、無理か。あんな空気の中じゃ）

ひばりの方が立腹のあまり、一方的に責めたててしまったのだから。

たとえ忘れていなかったにしても、あそこから自分の弁当だけ持って出ていけるようなタマではない。人の気持ちをおもんぱかって、自分はがまんするのが伊吹という青年なのだから。

最後に見た、悲しそうな伊吹の顔を思い返して、さすがに罪悪感に胸が痛んだ。

――ちゃんと話し合わなきゃと思った。

伊吹のことが好きだからこそだ。たとえ向こうから話してくれなかったとしても、こちらから一つ一つ確認して、あの夜に見たものの意味も含めて、全部教えてもらうのだ。

（そう、そうしよう）

ひばりは勝手ににじんだ涙を甲でぬぐい、弁当箱の蓋を閉めた。

話し合うのは伊吹が帰ってきてからでも、気まずい気持ちのまま夜まで過ごすのは、ひばりも嫌だし彼も嫌だろう。この弁当を届けに行って、それで今のひばりが怒っていないことだけでも知ってもらおうと思った。

弁当をきちんと巾着に入れ、忘れずに箸もつけて、パートの通勤用に使っているトートバッグで家を出る。

ひばりの自転車（ママチャリ）の籠に載せてクラッシュするのは少し怖かったので、この際徒歩で行くことにした。

伊吹の職場がある東銀座を目指し、隅田川にかかる佃大橋（つくだおおはし）を渡ってまずは新富町駅（しんとみちょうえき）へ向かう。

あたりにあるのはどれも縦に細長い都市型マンションや、オフィスの入った商業ビルだ。そこから有名な歌舞伎座方面へ歩いていく。

「……ここ？」

ひばりはトートバッグの持ち手をつかみ、見つけたそれらしい建物——鏡面ガラスがまぶしい黒光りのビルを、口を開けて見上げてしまった。

タワーなんとかとまでいかずとも、かなり立派なザ・会社なビルだ。住所としては知っていても、実際に来るのは初めてだったのだ。

入り口の案内看板を見ると、『公益財団法人赤月財団』関連の法人が、まとめて入居しているようだ。

財団で運営している奨学金の事務局に、文化や産業振興の協会本部など、馴染みは薄いが公益性が高そうな団体名が各フロアにずらりと並び、その中にそっけなく伊吹が勤める『ＭＫＬ』の三文字を見つけた。

どうしよう。まずいかも。ひばりの額に汗が浮かぶ。

何かと会社の人を連れてくるぐらいだから、もっとほっこりアットホームなところを想像していたのだ。思ったよりも本格的ではないか。

会社員経験がないひばりは、かなりびくびくおどおどしながらエントランスの自動ドアをくぐった。場合によっては、弁当ごと引き返すことも考えた。

床はつやめく大理石。受付カウンターに座る制服姿のお姉様は、百貨店のビューティーアドバイザーもかくやという隙のなさだ。

ひばりが近づくと、受付の人はスイッチが入ったように微笑んだ。

「いらっしゃいませ。どのようなご用件でしょうか」

「あの……わたくし、『ＭＫＬ』の三輪伊吹の、身内のものなのですが。お弁当を忘れたようなので届けたいのです」

「アポイントメントは、取られていらっしゃらない？」

「気づいてから連絡入れたんですけど、仕事中はスマホ見ないみたいで。いつもそうなんです」

きらきらオフィシャル全開な空気の中で説明するには、かなりしょうもない内容だった。それでも受付の人は嫌な顔一つせず、「少々お待ちください」と言って、手元の内線電話で話しはじめた。

そして通話を終えると、また笑顔のスイッチが入る。

「三階のロビーで、お待ちくださいとのことです」

弁当を受け取ってもらえればそれでよかったのだが、自分で届けにいってもいいらしい。一瞬でも顔が見られるのは、こちらとしてもありがたいことだった。受付の人はその場で入館者用のバッジをくれた。

教えられるまま奥のエレベーターホールに進み、籠が降りてくるのを待つ。

ひばりを見下ろす位置に、翼の生えた怪物の彫刻が飾ってあり、この手のお堅いビルにしては不思議なセンスだと思った。恐らく高名なアート作品なのだろう。前を向いていても妙な視線を感じて、首筋のあたりがそわそわした。

ようやく籠が一階に到着し、ひばりは一人乗り込んだ。

三階のボタンを押し、ドアが閉まる。

『下に、参ります』

——ん？

弁当入りのトートバッグを抱えて、すっかり待ちの姿勢だったひばりは、慌てて閉じかけていた目を開けた。

実際にエレベーターが、どんどん下降しているのがわかる。

「嘘(うそ)でしょ。地下!?」

操作パネルのボタンを見ても、一番下は今乗り込んだ一階のはずだ。地下階なんてどこにもないはずなのに。

液晶のモニターは、あるはずのない『B1』『B2』といった階層を次々に表示し、ついには『B5』で止まった。

『ドアが、開きます』

人工的なアナウンスとともに、ドアが開く。

ドアの向こうは——迷宮のような通路が広がっていた。

「……な、なんなのこれ……」

もちろん実際に迷宮なりダンジョンなりに行ったことがあるわけではないので、その表現が適切かはわからない。

ただ床にあたる部分はいかにも本物らしい質感の石畳になっており、壁やアーチ型の天井も、同じ素材を積んだ古式ゆかしい造りのようだ。よくよく見れば年月による摩耗や苔まで再現してあり、大変にリアルである。一定間隔で壁に据え付けられた燭台の明かりだけが、石の精密なテクスチャをぼんやりと浮かび上がらせている。

中世風と言っても、日本ではなく西洋のそれである。だからなおさら、五感に訴えかけるほどよくできていても、アトラクションのような唐突感があった。自分はまだエレベーターの籠の中にいるから、なおさらだ。

しかしこのエレベーター、開いたはいいがまったく閉じない。いつまでもいつまでも開いている。開きっぱなしだ。

ひばりが恐る恐る地下階に顔を覗かせ、ついでに一歩踏み出して奥を見通そうとしたら、

『ドアが、閉まります』と、急に動きだした。

「待って！」

慌てて戻ろうとしても、遅かった。ぎりぎりで閉め出されてしまう。

しかもこの迷宮——便宜上そう呼ぶことにした——側には、なんと開けるための操作パネルが見当たらないのだ。冷たい石壁に張り付かんばかりに探してみたが、だめだ。見つ

からない。

「勘弁してよもう……」

頭がくらくらしてくる。

知らない地下五階に放り出され、戻ることもできないときた。

スマホを取り出してみたが、地下深いせいか圏外になっていた。

「あの、すみませーん！　どなたかいらっしゃいませんかー！」

ひばりは声をはりあげながら、緩いカーブを描く通路を、壁沿いに歩き出す。

お化け屋敷の体験型アトラクションなら、わかりにくかろうと必ずどこかに非常口があるはずだし、エレベーター以外に非常階段が備え付けてあるというものだろう。

途中でドアや牢屋風の格子戸は見つけたものの、お客様のルートには設定されていないのか、開けることはできなかった。ただ真っ直ぐ進むしかない。

ようやく途中で通路の壁が途切れ、内側の少し広い空間に移動できた。円形のホールで、中央に大きな絵を飾った、祭壇のようなものが見えた。

（鏡……だね。絵じゃない）

ひばりよりも大きな額縁は、近づくと自分の顔が映った。回り込んだ後ろも、同じく鏡だ。合わせ鏡とはよく言うが、この場合は背中合わせ鏡と言うべきか。触るとひどくひんやりしている。

——いけない。こんなにベタベタ指紋をつけていたら怒られる。

ひばりは我にかえって、元の通路に戻ってさらに進んだ。

なかなか『非常口』の明かりは、見つからなかった。

「ただいま迷っておりまーす。どなたかー、あのー、いらっしゃいませんかー」

ひたすら歩いていると、今度は迷宮の壁が、明らかに崩れている箇所があった。

崩壊部分は床近くから天井部分にまで及び、その幅は五メートル以上はあるだろうか。

できた穴には、立ち入り禁止とおぼしき黄色いテープが張り巡らされている。

そしてさっきからくちゃくちゃと奇怪な音が聞こえるのは、粘着テープを巻き取って散乱した石材をかじる、巨大な化け物がたかっているからだ。

（蟻——————）

ただ息をのむしかない。

まるで牛なみのサイズの蟻を、蟻と呼んでいいかは不明だが、昆虫があまり得意ではないひばりは、充分これを蟻だと認識した。だって鋼色の胴体は頭と胸と腹に分かれ、胸の部分から生える脚は、全部で六本。ゆらめく触角と、鋭利な大顎。蟻だ。蟻だろう。

それが三匹。

真っ赤な複眼が、燭台の明かりよりも禍々しく光っている。そろってひばりのことを見ている。

向こうが動いたのが先か、ひばりが耐え切れず動いたのが先か。三匹いっせいにこちらに向かってきて、ひばりは心の底から絶叫し、逃げ出した。

振り返れば蟻の化け物が、迷宮の通路を覆い尽くさんばかりに迫り追いかけてくる。ひばりは来た道を必死に走った。

鏡の広間の前を通り過ぎ、最終的にたどりついたのは、あのエレベーターがある場所だ。

「開いて、お願い！」

金属の扉を叩き、普通ならボタンがありそうな箇所も泣きながら叩いた。

扉を背にして振り返る。巨大蟻は目の前に迫っており、逃げ道はどこにもなかった。

（あ、だめだ）

尻餅をついた脚は震えるばかりで、力がまったく入らない。

カチカチと音を出す蟻の大顎は、このサイズだと角砂糖ではなく丸太か鉄パイプを差し出すのが妥当だと人ごとのように思った。ひばりのことも簡単にかみ砕けると想像がつく。

どうしてこうなるの――。

絶望の中で、最後に思ったのは夫の伊吹のことだった。理由はない。ケンカで終わってしまって、笑い顔じゃなかったのは心の底から残念だった。

しかし固く目を閉じようとしたまさにその時、ひばりのすぐ目の前で、化け物の蟻が、脳天から真っ二つに割れた。

大上段に切り裂いたのは、抜き身の日本刀を構える夫本人だった。

（いぶ、き）

服装まで、朝に着ていた格好から変わっていた。青を基調にした金の縁取り入りの胴着に革のロングブーツ。そして肩のところで留めた長いマントが迷宮の中ではためいた。

「アロイス！」

「はいよ」

夫の背後で、魔法使いが杖を振る。以前見たラッパーまがいの黒服ではなく、深緑色の長いローブをベルトでまとめていた。ニット帽もかぶっていないので、鮮やかな金髪も長い耳もむきだしして表に晒してある。杖の先端からほとばしる電撃が、二匹目の蟻を打ち据えた。

戦闘が続いている。派手なエフェクトの魔法と、まるで質量が存在していないかのように敵を切り裂く夫により、あっという間に三匹とも動かなくなった。

抜刀していた刀を鞘におさめ、伊吹がこちらを振り返った。

「ひばり……？」

何やら愕然（がくぜん）とした様子だが、その表情（かお）はこちらがするべきものではないだろうか。

だって私の記憶が確かなら、この人は『ららぽーと豊洲（とよす）』で買った上下丸洗いできる一万七千八百円のスーツを着て、朝出勤したはずなのだ。


「い、伊吹……？」

「上で待ってててって言っただろ。なんでひばりがここにいるんだ！」

「知らないよ。私ちゃんと三階押したのに！」

「それでここまで来られるわけないだろ！」

「というか何なのその格好！」

「おーい。そこでケンカをしないでー。私のために争わないでー」

「「あんたのためじゃない！」」

ひばりと伊吹の声が、完全にそろった。

あらためて伊吹が咳払（せきばら）いをした。

「どういうことなんだ、アロイス」

「どういうも何も。責任者に聞いてみるしかないんじゃないですかね。ほら、出てきなさいガーゴイル」

アロイスが指を弾くと、空中にエレベーターホールで見た石像が現れた。

その石像は背中の羽や尻尾を動かして空を飛び、アロイスに杖でつつき回され「やめてやめてごすじん」と半ベソをかいている。

「門番としての説明を要求します。なにゆえ一般人（パンピー）を通しましたか」

「ダッテ、いぶきノ匂いしたから」

「匂いかー。ちくしょういちゃいちゃしてるからだろうなー。くそ、マジでうらやまけしからんですわ」

アロイスは「もっと人をよく見なさい」と大上段にかまえて説教をし、石像は飛びながら尻尾をたらしてうなだれた。

そんな二人の間から、さらに複数の人工的な光が迫ってきた。

それは六人乗りの、電動カートに見えた。闇の中に浮かび上がる光源は、乗っている者たちのヘルメットについているヘッドランプだ。みな小柄ながらがっしりとした猪首（いくび）の男たちで、そろいの作業着にツルハシやハンマーを携えている。カートのフロントとサイドに筆文字で書かれた『かてどらる組』の屋号が、凜々（りり）しくも潔い。

凹凸の激しい石畳の上を、カートはゆっくりがたごとと進み、ひばりたちの前で停車した。

運転席にいるのは、昨日アロハシャツを着て家に来たギリムだった。

「イブキよ。現場はここか」

「いいえ、もうちょい先ですね。C3の崩落が広がって、歪み蟻が湧いてました」

「なるほど。情報感謝する」

カートが再び発進する。

「しっかりしてくださいよー、旦那ー。『大迷宮』の補修と整備は、君たちドワーフの仕事でしょうが」

「エルフやヒューマンと違って手が足らんのだ。失礼するぞ」

アロイスの軽口を浴びながら、カートはがこがこと迷宮の奥へと消えていく。

そうして一件落着とばかりに、ドワーフが乗った車体を見送る夫に、腹をたてるなという方が無理だろう。

ひばりは肺いっぱいに息を吸う。

「三輪、伊吹ぃ！」

話はまったく終わっていないのだ。

伊吹がびくりとし、マントを羽織った体が三センチぐらい浮いた。

「……説明して」

「説明……ど、どこから？」

「あなたが私に話していないこと。話すべきだと思うところから、全部。オールですオール」

真っ直ぐ目を見て訴える。

これでも感情的にならないよう、冷静に伝えたつもりだった。逆にそれが恐ろしかったようで、伊吹は青ざめ、ひばりの前にすとんと腰をおろした。

それでもすぐには言葉が出てこない。じっと待ち続けていると、伊吹はためらいがちに口を開いた。

「その……俺が高校の頃、一年留年ってるのは聞いてるよね」

「うん、聞いてる。事故のせいだって」

「その事故っていうのが、詳しく言うと異世界に勇者として召喚されたってやつで」

「は？」

なんですと？

ひばりは伊吹が言っている意味がにわかに理解できず、ペコちゃんに似ているとよく言われるどんぐり目をしばたたかせた。

「ゆう、しゃ……？」

何やらこの迷宮のテイストにふさわしい、ファンタジーで『それっぽい』服を着ているなと思ったが、まさかそのまんまなのか。

「そう。別名救世主。俺たちのいる世界を、惑星の地球から取ってアースサイドと呼ぶなら、その世界は信仰する神の名を取って、ランズエンドって呼ばれてる」

そこは次元も生態系もまるで異なり、ひばりたちの知る科学よりも、魔法が発達した世界だという。

「そこの人たちは自分たちで手に負えないような難事件が起きると、魔法でアースサイドの人間を召喚して、勇者とか聖女とか適当な称号を与えて解決してもらってきたんだ」

「なんて他力本願な……」

「それぐらい切羽詰まってたんだよ。俺の時は人類種族に対立する魔族が活性化して、魔王バラベスなんて親玉が生まれて大変だったんだ。俺以外にもそこのエルフ族とか、ギリムさんのドワーフ族とか、本当に沢山の人に協力してもらって、なんとか封印することができたんだ」

「ちなみにボス戦に参加した優秀な魔法使いは、僕です」

アロイスが聞いてもいないのに、口を挟んできた。

「で、でも伊吹。百歩譲って、そういうことがあったとしてよ？　その魔王なんとかを倒したのって、伊吹が高校生の頃でしょ？　それからちゃんと戻ってきたし、東京の大学だって出てるって言ったよね」

「うん。それも本当。でも帰ってきてからの俺の所属は、自動的に騎士団預かりになったから」

「騎士団？」

「ランズエンド多国籍騎士団。『ＭＫＬ』の正式名称だよ」

伊吹いわく、召喚に巻き込まれた勇者や聖女と、ランズエンドの同盟国騎士および友好部族で組織する、混合部隊らしい。英語の『Multinational Knights of the Landsend』を略して、『ＭＫＬ』と呼んでいるそうだ。

「ランズエンドの召喚システムって、昔は今以上にいい加減でさ。何か起きるたびにあっちこっちの魔法使いがてんでばらばらに召喚したり、ことがすんだら放り出したりで、アフターフォローもなんにもなしだったんだ。これは色々まずいだろうってことで、いったんみんなで制度を整えたんだ」

まず召喚は許可制にして、一元化する。その後も異世界に留まる留まらないにかかわらず、騎士団所属のエージェントとして、両界で通用する雇用契約を結ぶなどフォロー体制を敷いた。

これを先導したのは三代目にあたる勇者だそうで、氏は帰還後も社会的成功をおさめていたが、後輩たちを救うべく私財を投じ、自分を召喚した王の援助も得て赤月財団を設立。アースサイドの公益に還元しつつ、ランズエンドの召喚制度を支えているという。

「大変ね……」

「俺の時も、なんとか一番まずい魔王は倒せたけど、そのまんま平和ってわけにはいかなかったんだよ。魔王軍の処遇をどうするかとか、敵対してた民族同士で争いにならないよう監視が必要だとか。今は正式に『ＭＫＬ』の職員として、そのへんの戦後処理の手伝いをしてるんだ。それが今の俺の仕事」

「同僚はエルフやドワーフで？」

「一応直属の上司は、召喚経験者のアースサイドの人だよ。今は産休中だけど。あとヒースなんかは、ランズエンドで一番大きい国の王国騎士だ」

「勇者の武器って、みんな日本刀なの？」

これは素朴な疑問だったが、

「……なんだろうね。本人のイメージの産物ってやつで……真面目に考えると中二病くさすぎるから勘弁してくれないかな」

何故か顔を赤らめて言い訳をはじめた。

しかし国際交流とフェアトレードとは、よく言ったものだ。嘘ではないが本当でもない。

国というより異世界交流だったのだ。

伊吹の給与明細に、出張手当と一緒に危険手当が入っているのは何故だろうと思っていたが、ようやく謎が解けた気がした。まさか化け物相手に、ポン刀振り回す代とは思わなかった。

「……拘束時間はブラックだけど、お金払いだけはいい会社なんだなって思ってたのに……」

「いやその解釈ぜんぜん間違ってないと思うよ」

くそ。いいように考えすぎたか。

ひばりはあたりを見回した。

「ここはもう、ランズエンドなの？」

「ちょっと違うかな。ここは『大迷宮』って言って、半分ランズエンドで半分アースサイドの特殊な空間なんだ」

なんでもビルの上階に対外的なオフィスはあるが、『ＭＫＬ』の心臓部はここだという。

訓練施設や、ランズエンドに置けない国際裁判所などもあるそうだ。

　ふだんは二つの世界のエージェントがそれぞれのルートで『大迷宮』に降りてきて仕事をし、本格的な出動要請を受ければ中心部にある『額縁』を通って各地の現場に向かうという。

「私が見たのは、大きな鏡がある部屋ぐらいだったけど」

「それが『額縁』だよ。何が見えた？」

「何って、鏡だから自分の顔ぐらいだったけど……」

　正直に答えたら、伊吹とアロイスが顔を見合わせた。

「いけないの？」

「いいんだよひばり。適性があったところで面倒なだけだ」

　微妙に言葉を濁されたのは、本当ならあの鏡の中に、ランズエンドの景色が見えていなければならないかららしい。それが異世界転移に耐える第一条件だそうで、つまりひばりは初手から失格というわけだ。

「ちょっとショックかも……」

「考え方の問題だよ」

「……でも、伊吹は行けて、私は行けないんでしょ」

「本当に悔しがる必要なんてないんだ。できればこっち関係のことは、一生伏せるかぼかしておきたかったぐらいなんだ、俺は」

「どうして？」

「だってやっぱり、おかしいだろ。普通じゃないものは、怖がられても仕方ない……」

うつむく伊吹の、語尾が迷宮の中にかき消えた。

もしかしたら今までにも似たような状況で、手ひどく怖がられてしまった経験があったのかもしれない。それがこの人の中で、癒えない傷となってしまっている。

「ひばりとつきあってると、俺が忘れてるものを思い出させてくれるっていうか、すごくあったかい気持ちになって、こういう仕事しててもアースサイドの人と同じ暮らしができるような気がしてたんだ」

「そうなんだ。私は伊吹が連れてくるお客様ってなんか変だなあって、いつも思ってたよ」

「う……できるかぎり常識は守ってもらってたつもりなんだけど……」

伊吹はさらに肩を落とした。エルフのアロイスが、面目ないとばかりに両手を合わせる。

そういう日本人らしい仕草からは、確かにがんばって郷に従おうという気持ちは感じられる。しかし、それ以前の問題があるのにこの二人は気づいていないのだろうか。

（本当に伊吹、異世界で勇者やってたんだな）

何か今、初めて納得したかもしれない。普通が『あっち』仕様にチューニングされてしまっていて、感覚がこちらと微妙にずれているというか。

それがひばりの夫なのだ。

「……本当にごめん、ひばり。ずっと黙ってて。許してくれなんて、俺からは言えないよ」

そしてそういうずれや違和感があったにもかかわらず、惚（ほ）れた弱みで目をつぶってきた自分も、大概ではないだろうか。

伊吹はこれ以上言い訳するのも潔くないと思ったようだ。もはやまな板の上の鯉（こい）、おかみの沙汰を待つ罪人の態度でひばりのジャッジを受けようとしている。

アロイスの方が、もどかしげにこちらを見た。

「ね、ねえイブキの奥さん。この頑固な堅物男がアースサイドで結婚するって聞いた時は、『ＭＫＬ』の上から下まで驚いたんですよ。僕らのせいで離婚なんてことにならないですよね、まさか」

「アロイス、やめろ」

「いやだってイブキ――」

「黙れ」

（ずるいよ、伊吹）

この状況で、全部判断をこちらに委ねる気か。

出会ってからの、あれこれが頭をよぎった。いつも鯵フライ弁当ばかり頼んでいた人。その次が唐揚げ。中華丼と豚汁。運良く恋人になって、遠距離で繋いだ二年間。もちろんケンカだってした。でもどれもひばりにとっては、大事な思い出だ。それがいざ結婚して一緒に暮らしだしてから揺らぎだし、今ここだ。銀座の地下にある迷宮で、秘密が多い夫の告白と謝罪を聞くはめになっている。

「許さなかったら、どうするの」

伊吹は答えない。ただ、痛みをこらえるように唇を引き結んだ。

ひばりはため息をついた。自分でもこの人を責めたいのか責めたくないのか、判然としなかった。

ただ、うつむくと石畳に転がる赤いミニトマトが見えた。

その少し先に、ピックに刺したうずら卵とレタスの切れ端。伊吹用の弁当箱が、中身ごとひっくり返ってしまっている。乱暴にトートバッグを放ったせいで、荷物が飛び出してしまったようだ。

そして飛び出たおかずのハンバーグを、ガーゴイルと呼ばれていた魔物が、くんくんと嗅いでいる。

匂いを嗅いだ後、ちょっとだけ端の方をつまみ、口に入れる。

金色の目がまん丸になり、羽と尻尾がぴんと立つ。ソースで手が汚れるのも構わず、両手でハンバーグの本体を持って食べはじめる。

「……おいしい？」

ひばりが声をかけると、ガーゴイルは文字通り飛び上がって距離を取った。

口の周りはべたべた、食べかけのハンバーグを握りしめたまま、あどけない子供のような目でこちらを見ている。

あらためてひばりは聞く。

「それ、おいしい？」

魔物は舌足らずな声で、「とってもオイシイ」と言った。

——そうか、とってもか。

なんだか気が抜けてしまったのだ。

「ありがとう。そんな落ちたのじゃなくて、ちゃんとしたもの作ってあげるから。うちにおいで」

「ホント?」

「伊吹に連れてきてもらいなね」

ひばりがうなずくと、ガーゴイルは軽やかにくるくると飛び回った。魔物相手に断言していいかわからないが、嬉しそうに見えた。

「ひばり……」

どこか震えた声で、伊吹がひばりの名を呼んだ。ひばりが苦笑してみせると、彼は泣きそうな顔でひばりのことを抱きしめた。

「ありがとう。ありがとう……」

ちょっと、苦しいよ。

勢いが強すぎて、返事がしづらいのが困りものだ。

その昔、ひばりの祖父である新八は言っていたものだ。この先ひばりの料理を食べて笑顔になる人は沢山増えるし、その中でもとびっきり一番の人にきっと巡り会えると。

相手が人間じゃなかったり、とびっきりの人が勇者やってたりするけど。

——ねえ、おじいちゃん。こういうのもありなのかな?

2話　プリンセスにはツノがあるかもしれません

五月三日。天気、晴れ。

連休初日。伊吹(いぶき)も私のパートも休みだから、やっと約束していたもんじゃ焼きを食べにいった。衝撃だった。


「ひばりはどれにする？」

伊吹に聞かれ、ひばりはラミネート加工されたメニューを凝視した。

「うーんと……この牛すじもんじゃっていうのと、ピザもんじゃっていうのが気になる」

「じゃ、それにしよう。すみませーん」

手を上げ店員を呼ぶ。

鉄板がついたテーブルに、生地とタネが入った器を持ってきてもらい、各自焼いて食べるという形式は、お好み焼きと一緒のようだ。トッピングも明太子(めんたいこ)に餅に豚に海鮮と、お好み焼きで使われるものとそう違わないように見える。

「まあ、材料だけ見たらほぼ一緒だと思うよ」

伊吹はそう言いながら、キャベツや牛すじがモリモリのボウルから、お玉で具だけを取り出して、鉄板で先に具を炒めはじめた。

「い、炒めるんだ」

「そう。だいたい炒まったら、丸い輪っかっぽく整えて、これがもんじゃの堤防ね」

もう明らかにお好み焼きとは、違うルートを突き進んでいる。爆走だ。

(堤防とか何？　なんでここで土木の用語が？)

頭にハテナマークを飛ばすひばりをよそに、さらに伊吹はボウルに残っていた生地――たこ焼きなみに水が多くてしゃばしゃばの、しかもウスターソースが混じって茶色くなったそれを流し込んでしまった。

「あ、あ、あ」

「大丈夫。かなり水っぽいけど、キャベツがせき止めてくれるから」

伊吹が堤防と言った意味が、やっとわかった。これがないと鉄板中に生地が広がってしまうのだ。

堤防の中で生地がぐつぐつといい、少し固まりだしたら堤防を崩し、かえしでこまめに形を整え、端の方が焦げはじめたら食べ時らしい。

「はいどうぞ」

小さなかえしを渡される。

（これが、もんじゃ焼き……）

はっきり言って、見た目は薄茶色いし、具は全部混ざってしまっているし、食欲をそそる感じではない。しかし、周りの人たちはおいしそうに食べているし、さっきから焦げたソースの匂いが胃腸を刺激して、お腹が鳴りそうなぐらい空腹だった。

恐る恐る端っこの方を、かえしでこそげて食べてみたら、鉄板に触れた部分がお焦げになっていて、これが意外にいけるのだ。

ん？　と思って一口食べたら、もう一口。なんだろう癖になる。

甘みととろみが売りのお好み焼きソースとは違う、ウスターソースのシャープな辛さを最大限に活かした味と形状というか。とにかく出汁とか粉とか、そういう繊細なものを味わうものではない。もんじゃ焼き＝お焦げ製造機なのだとひばりは理解した。炊き込みご飯や焼きそばの、ちょっと焦げた部分だけを思う存分食べたい欲求が、今猛烈に満たされている。

まさしくジャンクフード・オブ・ジャンクフードの名にふさわしい。

「どう？」

「……ソースとかチーズのお焦げが絶妙においしい……けど、関西人としてやっぱり納得いかなーい！」

「あははは」


店を出たら、商店街のマスコット『月島忍者もんにゃん』の着ぐるみが来ていた。

これもゴールデンウィークだからだろうか。シンプルな可愛(かわい)さにあやかって、お子様に交じって遠慮なくもふもふさせてもらう。

帰りは商店街のスーパーにて買い出し。

明日は異世界からお客様が来るから、おもてなしをがんばらないと。


【購入品】鰹(かつお)一さく／豚バラブロック一キロ／ザラメ一袋／日本酒

＊＊＊

五月四日。天気、くもり。

連休二日目。予定していた通り、伊吹がお客様を連れてきた。

メンバーはエルフのアロイスさんと、現地人の騎士だというヒースさんと、あと伊吹の会社の偉い人。


「これはこれはイブキの奥さん、薔薇の盛りに負けぬお美しさですね！」

「……あ、どうも。お久しぶりですアロイスさん……」

「久しいと思っていただけるだけで感激です。会えない時期も覚えていてくださったということでしょう」

　玄関で会うなりアクセル全開のエルフは、相変わらず口が軽くてよく喋った。

「申し訳ない、奥方。少しは沈黙を覚えろと言っているのだが」

　もう一人の客人、ヒース・アルバントは、今回犬を連れてきていた。

　がっしりとした軍人体形のヒースの横にいても貫禄負けしない、超大型犬である。立ち耳に垂れ尾の毛並みは輝かんばかりの白銀で、紋章入りの青いハーネスとリードを付けている。思わずひばりのテンションの方が上がってしまった。

「わー、ウルフドッグとかですか？　格好いい――」

「お久しぶりですヒバリさん。イルマ・ロンです」

　ひばりはかたまった。

(犬が喋った)

繰り返す。犬が喋った。犬が喋った。かなりダンディなイケボで。

「え、えええ？」

「部長は人狼なんだよ」

説明してくれた伊吹いわく、人狼という獣人の一種で、月の満ち欠けで人と獣の間を行き来する種族らしい。

ちょうど一番狼度が高い時期に当たると、こうなるそうだ。

「新月に近い頃にも一度、お会いしたかと」

「ああ……」

言われてみれば、以前にこの毛色と同じ銀髪の紳士をおもてなししたような気がする。声もほとんど一緒だった。

その時貰った名刺には、『ＭＫＬ』のエージェント・チームをまとめるエグゼクティブ・マネージャーと書いてあった。正真正銘、本当に偉い人ではないか。

「失礼しました。伊吹がいつもお世話になっております。あの、上がる前におみ足を拭いてもかまいませんか」

「助かります。この姿では靴も靴下も履きづらいので」

完全に犬の格好な部長の前脚と後ろ脚を、タオルで拭いて上がってもらった。

「それにしても皆さん、日本語お上手ですね」

ひばりはお座敷（ざしき）の客人たちに、突き出しの鰹のたたきと冷酒を一緒にお出しした。

これは前々から思っていた疑問である。異世界の人と言いながら、どの人も流ちょうな日本語を喋るのはなぜだろうと。

部長のイルマが、座布団にお座りの姿勢で答えてくれた。

「我々にとっての共通語が、日本語にあたるからです」

なんでも勇者や聖女の召喚が続き、彼らがランズエンドで功績をあげればあげるほど、出身地の言葉である日本語の重要度が上がり、敵対勢力である魔族も研究のため日本語を学び、気づけばその世界では一番通じる言葉になってしまったのだそうな。

アロイスが、おちょこの冷酒片手に目を細めた。

「懐かしいな。昔はね、みな粋がってニホンゴを習得したものですよ。今は大陸共通語なんてお綺麗（きれい）な呼び名になってますが」

「何年前の話だよ、それ」

「黙りなさい小童（こわっぱ）勇者」

この頃になると、卓の雰囲気もだいぶくだけていた。

「私のような人狼も、あるいはエルフやドワーフも、自分たちのコミュニティにいる時はそのコミュニティなりの言語を使います。けれど『MKL』やメリアカン王国のような大きい枠組みの中にいる時は、日本語を使うのが一番間違いがないのですよ」

「英語みたいなものですか……」

「英語も使いますね。看板の字などは、そちらが好まれます」

「『MKL』も英語ですもんね」

そうやって知らない国の事情に相づちを打っていたら、いきなりヒース・アルバントが立ち上がった。

「お手洗いですか？　そこ、台所の横に行くとありますよ」

「……悪い知らせだ。紅姫（こうひ）が癇癪（かんしゃく）を起こした」

刺青の入ったこめかみを引きつらせながら、スマホを握りしめている。

聞く伊吹たちも、それで様相が一気に変わった気がした。

「確かな情報ですね」

「騎士団と外交筋から同じ一報らしいので、間違いないです部長。魔族領に使いをやって、大事にする気満々のようで」

イルマが犬の口でなにがしかを呟（つぶや）いた。うまく聞き取れなかったのは、それこそ人狼の言葉だったのかもしれない。とっさに現地の言葉で独り言を言うような事態が、起きたということだろうか。

「ともかくイブキ。おまえは一刻も早く紅姫のところへ行け。どうせ遅かれ早かれ呼び出しはかかる」

「わかった」

「鬼姫（おにひめ）め。人類種族をなんだと思っている」

ヒースも吐き捨てるように悪態をつき、伊吹をはじめアロイスやイルマも次々に立ち上がった。

明らかな帰り支度の雰囲気に、慌てたのはひばりである。

「ど、どうしたの？」

「ごめんひばり。ちょっと本部に戻らないといけなくなった」

「今から？」

そう言っている間にも部長の体にハーネスとリードが取り付けられ、アロイスは耳隠しの帽子をかぶる。

「申し訳ありませんヒバリさん。この埋め合わせはいずれ必ずさせてください」

「鰹のたたきが最高でしたー！」

ばたばたと慌ただしく、居間のお座敷を後にした。

そう、みんな行ってしまったのである。

こちらはまだまだお出しするつもりの料理があって、鍋や冷蔵庫の中でスタンバイ中なのだ。

「……ふ、ふ、ふざけんなあー！」

結末はほんと最悪。

この日記を書いている現在、伊吹はいまだ帰宅せず。

【残った料理】豚の角煮（鍋いっぱい）／炊き込みご飯（三合）／海老（えび）しんじょの吸い物（これはまだ具と合わせる前）

＊＊＊

五月五日。天気、雨。

連休三日目。伊吹はまだ『ＭＫＬ』から戻ってこない。というかランズエンドに行って

いるのだろう。


「えー、いいのかい三輪さん。こんな沢山貰っちゃって」

「いいんですいいんです。どうかお家で召し上がってください」

「嬉しいねえ。ありがとう」

行き場を失った豚の角煮は、『築地ひまわり歯科クリニック』の院長影山に横流ししてやった。これをやってもまだ、鍋に大量に残っているから笑えない。

急な出張はいつものことだが、行き先がわかるだけましなのだろうか。携帯の電波があちらに届けばいいのにと思う。


嘘。本当に今通話できたら、際限なく罵倒しそう。お夕飯は炊き込みご飯と海老しんじょを食べる。

【メモ】背広をクリーニングに出すことを忘れない／燃えるゴミの日

＊＊＊

けっきょく伊吹はゴールデンウィークも明けた平日の夜に、へろへろになって帰宅した。

ひばりは居間にあるテレビでバラエティ番組を見ていたのだが、気づけば出ていった時と同じ服装の彼が、畳にばたんと倒れ込んだのである。

「だ、大丈夫……？」

「ああ、家だ……」

彼は青息吐息でぐったりとしたまま、仰向けに寝返りを打った。テレビと蛍光灯の明かりがまぶしいのか、手で眉間のあたりをおさえている。

「ひばり……色々ごめん。連絡もしないでばたばたして……」

「……それはまあ、しょうがないでしょ。お仕事だし、異世界じゃこっちの電話繋がらないっていうし……」

顔を合わせたら絶対に言ってやろうと思っていた文句の数々が、こうも疲れ切った人間の前では霧散してしまうからずるい。

当日出せなかった大量の角煮や炊き込みご飯は、弁当や院長へのポイント稼ぎに使った他は、冷凍し保存してあるので、本当の意味で無駄になったものはまだないのだ。

伊吹の仕事は魔王がいなくなった世界の、平和を守ることだと聞いているから。

「何か大変なことがあった……んだよね？」

「……こっちとしても、これを政争のネタにされることだけは、どうしても避けたくてさ……」

伊吹は深くため息をつき、それから近くに座っているひばりの顔を見上げた。

あまりにじっと見つめてくるものだから、こちらも困惑してしまう。

「な、何？」

彼はおもむろに起き上がると、乱れた前髪も直さず、その場に土下座した。

「三輪ひばりさん。この期に及んで大変図々(ずうずう)しいお願いをしますが、聞いていただけないでしょうか」

「は、はい？」

「この家にまた人を呼びたいのです。相手は魔王バラベスの娘、エンリギーニ。協力を願います！」

『ホームパーティーが盛り上がる五つのアイデア』
『大好評！　おもてなしレシピ』
『お家で作れる！　フレンチのパーティーメニュー』

ひばりは『築地ひまわり歯科クリニック』の狭いスタッフ休憩室で、自前の弁当を食べる傍ら、スマホの検索を続けている。

SNS上には、様々な知見や叡智が集まっていた。視線は画面に固定したまま、おかずの解凍角煮を口に入れた。

「まー、三輪さんてば勉強熱心だこと」

菊花が後ろを通りながら指摘してきて、ひばりは口の中の角煮を慌てて飲み込んだ。

「何？　家でパーティーでもやるの？」

「……まあ、そんな感じです。メニューどうするか迷っちゃって」

「その顔じゃ、友達と気楽に家飲みって感じじゃなさそうね」

「そうなんですよ。旦那の仕事がらみなんですよ」

「またかー」

「取引先の社長のお子さんとかも来るらしくて、今からプレッシャーが……」

菊花が椅子に腰をおろした。

「なんかさあ、三輪さんの旦那さんって、家に会社の同僚連れてきたりとか昭和のオトコか！　って思ってたけど、どっちかって言うと外資系企業のノリだったりする？　週末はワイフの手料理をご馳走(ちそう)するよＨＡＨＡＨＡ的な」

「確かに日本人は少ないですね……」

「あー、やっぱりー」

菊花の何気ない指摘は、ある意味当たっていると思う。

伊吹はフランクでオーバージェスチャー気味の西洋人ではないが、同僚に同じ人種が少ないのは事実だ。組織の資本も、大半は国外の資産で運用されていると聞く。

この場合の外資系が、地球規模ではなく異世界であるという点にさえ目をつぶればだが――。

「この前会った人が、外資でコンサルやってるとか言ってたんだよね。やっぱ気をつけた方がいいのかなあ」

「いやー、会社ごとに違うと思うから、先入観は持たない方がいいんじゃないかと思いますよ……」

ひばりは先日かわした、伊吹との会話を思い出した。

「魔王の、娘って……どういうこと？」

訳がわからず戸惑うひばりに、伊吹は土下座の姿勢から慌てて復帰した。

「あ、ごめん。もちろん一から説明するよ。もともとランズエンドは、人類種族と魔族が敵対関係にあったっていうのは話したよね」

一番人口が多いヒトを中心に、エルフやドワーフなどの友好種族で一つの生存圏を築いているのだという。

「魔族は魔族で、まったく別の文化と価値観で生きててさ。なかなかこっち側の考えとは相容(あいい)れないんだよ」

その魔族は数こそ少ないものの、ヒトを遥(はる)かに上回る莫大(ばくだい)な魔力を有し、独自の爵位を名乗って城を持ち、オークやオーガのような彼らの友好種族を眷属(けんぞく)として従えているのだそうだ。

「じゃあ、伊吹が倒したっていう魔王は？」

「魔王は彼らの間でたまに生まれる、特別に強い魔族の称号だよ。俺たちの代の魔王バラベスは魔王軍を率いて、人類種族を滅ぼす勢いで進軍を始めた」

「それで外から伊吹が喚ばれたってわけ？」

「その通り。最終的に魔王バラベスは封印されて、残された魔族は人類種族との和議を受け入れた」

「めでたしめでたし、ってわけにはいかなかった……のよね」

もしそうなら、今ここで伊吹は苦労していないだろう。

『青の血族』と呼ばれる爵位持ちの高位魔族は、ランズエンドの大陸北部にある魔族領を引き続き治めることと引き換えに、魔王軍の撤退と解体を約束したそうだ。

「今回うちで迎えたいのは、その魔王の娘なんだ」

「娘さんがいたの？」

「魔王城に卵が残されててね。和平の証として、人類側に差し出されたんだ。今、孵化して六年がたつ。名前は紅姫エンリギーニ」

託された魔の姫は、ヒトを中心にした最大国家メリアカン王国の王城で、大勢の人間に見守られながら暮らしているという。

「戦国時代の人質みたいだね」

「いや、人質みたい、じゃなくてそのものだよ」

「やっぱり？」

伊吹は実直にうなずいた。

「魔族側はエンリギーニを差し出すことで、形式上は恭順の意を示しているわけだけど、逆に彼女に何かあれば魔族側は黙っていない。人類種族側はこの件でクレームを入れられることを何より嫌ってる。十年前の全面戦争をまた起こすわけにはいかないんだよ」

問題はそういう微妙なパワーバランスを、エンリギーニが完全に理解し利用していることだという。

とにかく自分の意志を通すためなら、なんでもやる。何か気に入らないことがあれば、側近を使って『青の血族』を巻き込むことも辞さないので、城内では腫れ物にさわるような立ち位置にいるらしい。

「俺も卵の頃からエンリのことは見てるけど、ちょっとわがままに育ちすぎたよ」

頭が痛いとばかりに、伊吹はため息をついた。

「大変だね……」

「放置できないのが辛いところだ」

実際メリアカン城内での彼女の扱いは、下にも置かない丁重なものだそうだ。時の王族すら出会えば道を譲ることもあると聞くと、相当だった。

たとえ癇癪から出たわがままとわかっていても、それが魔族側に不満として伝われば、どんな外交問題に発展するかわからない。人類側にも魔族側にもいるタカ派の戦争待望論者に、格好の餌を与えてしまうことになるのだと伊吹は言った。

「それで今回彼女のわがままっていうのが、なんか俺の結婚相手の顔を見てみたいってやつらしくてさ……」

「ちょっとちょっとちょっと」

「一時間ぐらい相手してやってくれると、メリアカン王国と同盟国家の臣民と友好種族がものすごく助かるんだけど。だめかな」

「スケールでかっ」

頼み事の規模が大きすぎて、もはやイメージが追いつかない。

たぶんこれは、明日の夕飯のリクエストぐらいの気持ちで引き受けてはだめなやつだ。

ひばりとてそれぐらいはわかる。

「……危ないことはないんだよね？」

「そこは大丈夫！　ひばりに危害が及ぶようなことは絶対ない。させないから」

「本当に？　すごい性格の人っぽいけど」

「エンリもぎりぎりのところで、空気は読む奴だから。単に魔王の仇（かたき）の俺を、困らせてやりたいだけなんだ」

そんな理由でも、ノーと言えないところが伊吹の辛いところかもしれない。

今回の姫のわがままが回避できないとなり、伊吹を始めとした『MKL』のエージェントは、そこから実際に異世界へ行かせる方法はあるのか、実行するとして危険はないのか、魔族側の了解はどこから取り、バーターで引き出せる案件はどれといった調整と根回しを、今の今まで続けてきた、ということらしい。

出ていく前よりシャツの襟に余裕がある夫を、ひばりは軽くドン引きしつつも同情目線で見るしかなかった。

「お願いしますひばりさん。それはやつれもするわけである。異世界ランズエンドの平和はあなたにかかっています」

「んー……」

「ただとは申しません。ご要望があればなんなりとお申し付けください」

「とりあえず、責任もって私の角煮食べてくれる？　あと夏用のサンダルが欲しい……かも」

「はいサンダル、喜んで！」

「居酒屋？」

けっきょくそうやって理解を示してしまったのが、運の尽きだったのかもしれない。

ひばりは伊吹の頼みを聞き入れ、次の休みは『取引先の社長の娘さん』をおもてなしするべく、パーティーメニューの検索をしているのである。

「子供相手ならさー、変に凝らないでわかりやすいメニューがいいんじゃないの？　手巻き寿司(ずし)とか、ハンバーガーとか。うちの甥(おい)っ子はそれでイチコロだったけどなー」

菊花がサラダチキンをかじりながら、自説を力説している。

（わかりやすいかー。もうそれしかないかも）

一応最初は粗相があるといけないので、レストランのケータリングなども提案してみたのだ。しかし先方の指定は、『アースサイドの日常的な料理から外れず、かつひばりの手料理であること』だそうで、ひばりはますます考えこむことになったのだ。

夜になってから、ひばりは伊吹に言った。

「――例の件なんだけど。こういうプランなんてどうかな」

帰宅してスーツを脱ごうとしている夫に、おもてなしメニューをまとめたメモを渡した。

「……へえ、面白いね。こう来たかって感じだ」

「なんかもう考えすぎて意味わからなくなったから、この際初心にかえろうと思うんだ。味覚はあんまり変わらないって言うし」

「ひばりの考えなら、たぶん一番いいよ。俺は全面的に信じるから」

「ほんと？　世界平和がかかってるんでしょ？」

これでも異世界の明日を担うらしいプロジェクトは、ふわふわと手探りに進んでいったのである。

＊＊＊

ヒトはしょせん鼠だ、とエンリギーニ・バラベスは思っている。

ありていに言って面倒くさい小者。常に徒党を組んで、おどおどとみすぼらしくて、弱いくせにすぐ殖える。鳴き声が微妙にかんに障るところもそっくりだ。

現在紅姫エンリギーニが暮らしているのは、そのヒト種族最大の国家、メリアカン王国だった。

近種のエルフ族やドワーフ族に比べても寿命や能力が劣るヒト族は、その爆発的な繁殖力をもってして大陸の肥沃な土地の大半を勢力圏に収めることに成功していた。顔も知らない『我が産み主様』――魔王バラベスが、是正に動こうとしたのもさにあらんだ。

メリアカンの首都シントンには、文字通りありとあらゆる物が集まってくる。北は魔族領で切り出される上質な木材に始まり、南は海洋諸国の真珠や鼈甲(べっこう)にいたるまで。エンリギーニは王城にある彼女のために特別にあつらえられた温室で、そういう贅沢(ぜいたく)な材料を眺めながら、東の果ての華国より仕入れた茶を飲むこともできた。

王城仕えの若いヒトの娘が、ただいま白磁のティーポットで茶を注ごうとしている。絶えず手が震え続けているせいで注ぎ口が震え、ポットの蓋もカチカチと鳴って聞き苦しいことこの上ない。

「……も、申し訳ありません……」

謝る娘の顔は、血の気が失(う)せて蒼白(そうはく)だった。

エンリギーニは娘の半分ほどの背丈しかなく、ドレスを着て椅子に座っていても、つま先はほとんど床に届かない。それでも娘の震えはますますひどくなり、エンリギーニが形良(い)い瞳で見つめると、貴重な黒発酵茶はカップの中よりも受け皿の方により注がれる形になった。

「あ……ごめんな……」

「…………無様なものだな」

たった一言呟(つぶや)いただけで、娘が悲鳴をあげた。

それはもう弱くおどおどとした体のどこから出てくるかと思うような、甲高い金切り声である。

「もう嫌！　耐えられない！　絶対嫌！」

髪をまとめるヘッドドレスをかなぐり捨て、泣きわめいているところに、「何やってるの！」と同じ制服を着た同僚たちが飛んできた。

「誰の前だと思ってるの！　やばいよ！」

「なんで私が魔族なんかに仕えなきゃいけないの。父さんもおじさんもこいつらにやられたのに！」

「いいから黙って！」

同僚にほとんど引きずられるように、ヒトの娘は温室を退場していった。

エンリギーニ付きの高位女官が、すぐさまやってきて謝罪した。

「大変お見苦しい真似を。心からお詫び申し上げます」

「メイドの教育がなっていないのではないか？　前はもう少し日持ちがしたぞ」

いちいちヒトの顔など覚えていないが、交代の間隔が短くなっているのは確かだろう。

そのたび煩わしいやり取りが挟まれ、つきあわされるこちらはいい迷惑だった。

エンリギーニの指摘に、年かさの高位女官は、完璧な化粧を施した唇を引き結んだ。

「……お言葉ですが殿下」

「なんだ？」

「もはやお仕えできる世話係がおりません。日替わりで暇を出されているこの状況では、みな萎縮いたします。どうぞ今少し寛大なご対処を……」

「――寛大、か。それは難しい相談だ女官長」

エンリギーニは椅子に座ったまま、残念そうに首を振った。名前は知らないので今回も職名になった。

「私は誰だ？」

「紅姫エンリギーニ殿下、にございます」

「そうか。ならば畏れるのは当然だろう。私の産みの親は魔王バラベスであり、『青の血族』という高位魔族の意向でもってこの城に居るのだ。自分たちの不手際のために不便を強いようというなら、そなたにも用はないな」

「エンリギーニ殿下――」

「聞こえなかったか？　用なしだと言ったのだ、紅姫の私が」

王室の庇護を受ける御用詩人が、『玻璃の金糸雀が歌うがごとし』と讃える声で、エンリギーニは繰り返した。

「さあ去れ。おまえはいらない。消え失せろ」

女官長は白塗りの顔を強ばらせ、恐らく怒りに震えているのだろうが、言い返したりはしない。そうできるわけがないのだ。エンリギーニは魔王の娘で、この城で逆らえる者など誰もいないのである。

ただ喉の奥から振り絞るように「かしこまりました」とだけ言って、女官長は温室を辞した。

（ふん、せいせいするわ。おしろい女め）

他の世話係たちのように見苦しい去り際でなかったことだけは、褒めてやってもよかったかもしれない。

それはそれとして、このこぼれた茶をどうしたものか。誰か呼んで新しいものを用意させようと思ったら、エンリギーニの前に一人の配下が膝をついたところだった。

――ガガボ・ゴルドバだ。

身の丈は通常のヒトより一回り大きく、その肌は雨の日の岩肌のように粗く硬化している。鋼線のごとき蓬髪が、角張った頭部から顎にかけて生えていた。そして魔神の流れを汲む証である、頭部の角。

この人鬼やオーガとも呼ばれる種族は、エンリギーニたち魔族の眷属として、ともに闘ってきた歴史がある。ガガボはエンリギーニの守り役として側に仕え、敵だらけの城内で睨みをきかせる役を言いつけられていた。

「殿下。ガガボ・ゴルドバよりご報告がございます」

「よろしい。聞こうか」

『ＭＫＬ』より回答がありました。殿下のアースサイド訪問は、予定通り明日正午のご出立となります」

　その組織の名を聞く時、エンリギーニは言いようもない不快感と苛立ちを覚える。釘で金属を引っかく音を聞くような、本能的な不快感と言ってもいい。

（『ＭＫＬ』め）

　ランズエンド多国籍騎士団なる、人類種族の混合部隊のことだ。時に一丸となって魔族に立ち向かい、またある時は国家間の調停に奔走する、界をまたいだ国際機関。実にしゃらくさい集団ではないか。

　偉そうな理念を謳ったところで、今回も彼らはエンリギーニの言い分を呑んだ。魔族領に使いを走らせ、少し『青の血族』の影響を匂わせただけでいちころだった。

　エンリギーニは彼らのことが、何よりも嫌いだ。当然だろう。偉大なる『我が産み主様』を倒して封印してしまった、あの勇者イブキが今もなおのさばっているのだから！

「……ふ、いよいよだな！　奴のあばら屋に乗り込んで、醜い嫁ともども笑ってやるとしよう！」

気鬱な日常に色を添える、愉快な娯楽の始まり。紅姫エンリギーニのための温室では、姫の高く澄んだ笑い声が響き渡ったのだった。

＊＊＊

ひばりが台所の作業台で青葱を刻んでいると、横のガスコンロで笛吹きケトルが、ピーピーと鳴きだした。

「伊吹ー。ちょっとこの火、止めてくれる？　私今、手が離せなくて」

実際にガスの火を止めてくれたのは、伊吹ではなくエルフのアロイスだった。

「わ。ごめんなさい、わざわざ」

「いえいえ、これぐらい僕らにやらせてください。奥様はとんだとばっちりなんですから」

アロイスは金髪をかきあげ、優雅に微笑(ほほえ)む。

今日はいよいよ魔王の娘を迎える日で、家の中は彼のような『ＭＫＬ』の職員が、朝から行き来していた。

「伊吹は今どこですか？」

「あいつですか？　庭で草抜きしてますね」

ひばりは沸いたお湯をポットに移すと、伊吹の様子を見に台所を出た。

アロイスが言っていた通り、旦那は庭にいた。

ドワーフのギリムや騎士のヒースも一緒のようだ。半分草に埋もれていたはずの古井戸が、ここに来て初めて明るい日に当たっていた。

「すみません、助かります！」

「問題ない。これもまた我々の義務です」

縁側のひばりに、アースサイドの黒いTシャツとデニム姿のヒースが答えた。

実際、庭の草取りなどの手入れを怠っていたのは確かで、住んでいる人間としては少々恥ずかしいものがあるのだ。本当は連休中に伊吹を巻き込んで、大掃除をするつもりだったのである。帰ってこなかったわけだが。

「ひばり、料理の方は大丈夫そう？」

「うん、もうほとんど準備は終わってる。ずいぶんさっぱりしたね」

「ここだけは、どうにかしなきゃいけなかったから」

雑草のついた軍手を外しながら、伊吹が言った。

「そういえば魔王の娘さんって、どうやって家に来るの？　アロイスさんたちみたいに、東銀座から車？」

「いや、違うよ。今回はメリアカンの王城とうちの家を、直接繋げてもらうんだ」

どういうこっちゃ、という気分だった。

「ギリムさん、そろそろお願いできますか」

「……やっとこさ出番かね」

池の縁石に一人、腰を下ろして休んでいたギリムが、長いひげを撫でながら立ち上がった。

彼は草を刈った古井戸に近づくと、井戸の周りを囲う紙垂を無造作に取り除き、空の徳利を伊吹に投げ渡した。そしてアロハシャツの下の、腰のベルトに付けた工具差しから、使い込まれたハンマーを取りだした。

ひばりはサンダルを履いて庭に降り、伊吹のもとに駆け寄った。

「今は何をやってるの？」

「そこの井戸がね、時空の歪みに繋がってて、今からランズエンド側と連結させるんだ」

「……え。こ、これが？　本当？」

「うん。休眠中のものも加えれば、国内に似たようなことができるポイントはいくつかあるんだよ。俺が前いた京都支部も、ランズエンドの特定の場所と繋がる物件だったんだよね。もう閉じたけど」

本部の『大迷宮』内に常設してある『額縁』と違い、この手の天然の転移ゲートは不安定で、管理も行き届かないぶん、ふだんはあまり使われないらしい。

しかし知らなかった。実家の近所に、異世界に繋がる場所があったとは。

ギリムはハンマーの釘抜きで、井戸の戸板を外しはじめた。

「伊吹。確かこの家って、『MKL』で所有してる不動産だって言ってたよね……まさかこの井戸があったから？」

「たぶんそうだろうね。できるだけ見つけて入れないようにするのも、うちの業務なんだよ。うっかり落ちて異世界の事故とか怖いし」

怖いどころの話ではないだろう。戻れなければ、神隠しのできあがりだ。

ひばりたちが立ち話をしている中、ギリムは黙々と井戸の戸板を外し、内側をハンマーで叩いては打音に耳をそばだてている。

「ま、こんなものだろう。一応は繋がったぞ」

そう言って腰の工具差しに、愛用のハンマーを戻した。

井戸の奥から、青く淡い光が漏れ出ているのがわかる。

その光の色が、青から黄みがかったものに変わった。

「ほ——せっかちなことで。向こうさん、もう来る気でいらっしゃる。私は先に車に戻らせてもらうぞ」

ギリムは雪駄をぺたぺた言わせて、庭を出ていった。

ひばりはその背中を見送ってから、伊吹に聞いた。

「何が来るって？」

「ちょっと予定より早めに、エンリギーニたちがこっちに来るみたいだ」

「え、やだ嘘。どうしよう」

最後にもう一度、家の中を確認しようと思っていたのに。

慌てて髪を解いてなでつけ、つけっぱなしだったエプロンを外したところで、光る井戸の中から、何かが音もなく出てきた。

（うっ）

人というより、人型の岩ではないだろうか。

全体にごつごつと硬化した肌の持ち主で、赤黒い顔は角張り、目に虹彩はなく、大きな口は引き結んでいても牙が目立った。縮れた髪の間に生えた、水牛のような角も物々しい。

毛皮の服の上に重たい鎖帷子を着込んで、腰の長剣で武装している。

まるで鬼かなまはげだ。

今まで出会った『ＭＫＬ』の職員は、人間と違っていてもここまで恐ろしい外見ではなかったので、ひばりは露骨にひるんでしまった。

落ち着きなさい、三輪ひばり。自分自身に言い聞かせる。相手は住んでいる世界自体が違うのだ。地球の常識が通用すると思ってはいけない。

こうなると事前の準備が全て外れてくる可能性があるが、今さらじたばたしても仕方なかった。

客人が、井戸から敷地(しきち)の地面に降り立った。そこからこちらをじろりと一瞥(いちべつ)してくるので、ひばりは歓迎の意をこめて挨拶した。

「はじめまして。あなたが紅姫エンリギーニさんですね」

ぶふぉっ。

なぜかその場にいる者——伊吹、アロイス、ヒース、目の前のお客様までいっせいに噴き出した。

「……ひばり、その人違う。エンリじゃない……お付きの人」

「えっ、そうなの？　ごめんなさい！」

「私はガガボ・ゴルドバ……白銀の森のオーガにして、偉大なるエンリギーニ殿下の守り役だ」

お客様が、巨体をわななかせ、押し殺した声で訂正をしてくれた。

（だ、だって魔王の娘だって言うから）

もしかしたらこれぐらいごつくて、厳しいクリーチャー感があってもおかしくないのかと思ったのだ。どうやら違ったようだが。

「ごめん、説明すればよかったね……」

「うん、写真ほしかった……」

ランズエンドの種族は、本当に色々あってややこしい。

間違いの答えあわせは、その後に井戸から出てきた本物の登場で、すぐにできた。

見た目は五、六歳の女の子だった。毛むくじゃらに岩の肌どころか、すべすべとなめらかな白い肌の持ち主で、くるぶしまでくる長い髪は、プラチナのごとく銀色に輝いている。ガガボに比べるとつぼみのように小さな角が二本、髪の間から生えているが、それがなんだというのだ。密なまつげに縁取られた金の瞳と、血色のいいバラ色の唇の小生意気な感じが相まって、違和感もなく美点としてよく馴染んでいた。

（かわ……かわいい……！）

ひばりの目は、その子に釘付けとなった。

奇跡の美少女がガガボの手を借り、井戸から地面に降り立った。降臨という二文字がしっくり来た。ああ動いている。生きている。

（嘘。待って。可愛い。可愛すぎ。推せるわこれは。エンリちゃんて呼んでもいい？）

着ている深紅のドレスのひらひらといい、ひばりにロリータファッションやドール趣味はなかったが、この愛くるしさは何かを開眼させるものがある気がした。

思わず脱いだエプロンを握りしめ、どきどきと胸を高鳴らせるひばりに、紅姫エンリギーニは言った。

「ぶさいくな娘だな」

声まで澄んで愛らしかった。

しかし言っていることは全く可愛くなかった。

（――待って、私。また早とちりする気？）

一瞬言葉のパンチ力にノックアウトされそうになるが、今度こそ冷静に考えるのだ。息を吸って、吐いて、頭はすっきり。そうそれでいい。

「……そうですよね。同じ地球でも、ハリウッドとインド映画と日本映画じゃ、美醜の感覚がけっこう違うわけですし。異世界で、まして魔族の方から見たら、私なんてたぬきかイノシシみたいに見えてる可能性だってありますよね」

「そなたはのんき者の阿呆か？　魔族から見てもヒトから見ても、誰から見ても正真正銘のぶさいくだと言っておるのだ！」

「えっ、それって暴言ですか？　伊吹どうしよう、サンダル」

「セットでお洋服もお付けします」

「符丁で話すな！」

しかし今年六歳と聞くが、年のわりに難しい言葉を知っている子だった。

「なるほど。エンリちゃんはこんなに可愛いうえに賢いんですね、すごい」

「なんだその舐めた呼び名は」

「伊吹の真似です。だめですか？　仲良くなりたくて」

「エンリギーニ殿下。これはもはや人類種族による挑発であり、侮辱行為です。今すぐ戻って魔族諸侯にお伝えするべきでは」

「いやっ、待ってごめんなさい！　沢山お料理作ったんです！」

また来た早々、引き返されるのは勘弁してほしかった。

ひばりが悲鳴をあげて引き留めると、エンリギーニは思案げな顔をした。

「……ふん、まあよい。ここで焦らずとも、勇者イブキの拠点をこの目で十全に視察してからでも遅くはあるまい」

「そうです遅くないです」

「そういうわけだ、とくと案内せよ、勇者の嫁」

尊大に指示を出されても、見た目の愛くるしさに目が曇っているひばりは、それほど嫌な気にもならなかったのである。

庭から玄関へ向かいながら、横を歩く夫にこっそり聞いてみた。

「……これでよかった？」

「……いいんじゃないかな……たぶん」

アロイスなどは「何をおっしゃる、サイコーですよ」と言っていたが、涙目になるほど笑っていたのが謎だった。


「どうぞ、こちらにお座りください」

二人を案内したのは、いつも客人を通していた座敷（ざしき）ではなく、洋室の応接間だった。はじめて日本に来るというエンリギーニたちに、いきなり畳で正座は厳しいだろうという配慮である。

八畳ほどの室内は、ＳＮＳで見たパーティー事例を参考に、カラフルなフラッグやバルーンで飾り付けてあった。

「これは……神獣……？」

「あー、それは風船です。通販でヘリウムガスのスプレー買って浮かせてます」

巨体を革張りのソファになんとか押し込んだガガボが、紐につながれ中空をふわふわしているユニコーンの風船を、いぶかしげに見つめている。

御年六歳の女児が主賓なら夢可愛い方向が良かろうと、星にハートにユニコーンと、メルヘンなモチーフの風船を沢山買ったのだ。

しかしひょっとしてあちらの世界では、ユニコーンは架空の生物ではなく本当にいるのだろうか。急に心配になってくる。禁忌に触れるとまではいかなくても、意味合いが違ってくる可能性はある。

当のエンリギーニは惚けた感じで、ファンシーに飾り付けられた部屋に見入っているので、そう悪い意味はなさそうだ。

途中でひばりの視線に気づいたようで、彼女は陶器のように白い顔を赤くした。

「か、勘違いするな。ちんけなウサギ小屋の小細工に、呆れて言葉もなかっただけだ」

「そうですね。確かにエンリちゃんが来るって、ちょっと張り切りすぎましたかね。どうぞ、チキンの揚げたてです」

テーブルの隙間に、とんと大皿いっぱいの鶏の唐揚げを置く。

予定よりも早く来てくれたおかげで、本当に熱々のものをお出しすることができたのはよかったと思う。

ちなみにこの唐揚げの他に用意したのは、フライドポテトと一口サイズのハンバーガー、そしてウェルカムドリンクの甘いジュースと、とにかく子供受けを全面に狙って押し出したものばかりだ。後でたこ焼きを焼く用の、ホットプレートも出してある。

（だってパーティーといえば、『たこパ』でしょ）

ひばりが子供の頃から知っているパーティーといえばこれであり、安直な考えかもしれないが、世界の違う魔王の娘が好むものの確証がない以上、王道で行くしかないと思ったのだ。

あとは——月島もんじゃと築地銀〇こが支配するこの地で、伊吹やアロイスたちに本場のたこ焼きを食べてもらいたいという、少々黒く不純な動機もあった。我ながら悪い奴かもしれない。

「お好きなものを召し上がれ」

「ふん。そなたがそこまで言うなら、つきあってやってもよいぞ」

エンリギーニが尊大に言って、一番手元にあったグラスに手を伸ばした。

ものはバニラアイスと林檎ジュースをミキサーにかけた、アップルミルクセーキだ。シナモンと生姜が効いたジンジャーマンクッキーが挿してあり、見た目も楽しげなウェルカムドリンクである。

「殿下、お待ちください！　まずは私が先に毒味を」

しかし側近のガガボが、横からそのグラスを奪った。

繊細で夢可愛いグラスから、飾りのジンジャーマンクッキーをつまみあげ、頭からぼりぼりと咀嚼してしまう。

「おぬし……一番おいしいところから行きおったな……」

「問題ありません、殿下。林檎味の冷たい飲み物のようです」

「唐揚げとポテトも、冷めないうちにどうぞー」

ひばりが営業モードで勧めると、やはり今度もガガボの毒味が先のようだ。お預けをくらったエンリギーニがじりじりと見守る中、ガガボは可愛いピックの刺さった唐揚げを、ニワトリが丸ごと入りそうな口の中に入れた。

「ぬぬ……これは……」

白目と黒目の区別がなく、外見もひばりたちとかけ離れているガガボのリアクションは、一見して良いか悪いかが分かりづらい。

「ど、どうしたガガボ。毒でも入っていたか？」

「衣のサクサク感とあふれる肉汁……いえ、とりあえず安全です。最低限の点は取れているかと」

「それじゃ何もわからんぞ。もうよい、自分で確かめるわ！」

しびれをきらしたエンリギーニが、ついに身を乗り出して唐揚げを口に運んだ。続けて林檎のミルクセーキも、ストローで一気飲みする。

「ふう」

「どう、エンリちゃん」

「しょっぱいのと甘いのは……癖になるの……」

ようやく人心地ついたように頬を緩めていたエンリギーニだが、ひばりの問いに慌てて表情を険しくした。

「……ま、まあな。確かに悪くはない。ヒトが作ったものにしては、及第点であろう」

「あ、よかった」

「ガガボはいかように思った？」

「まこと殿下のおっしゃる通りかと。飲み物は私には甘過ぎましたが、鶏をただ揚げたにしては健闘しておりましょう。もちろん雪華竜（せっかりゅう）の味わいには、遠く及びませんが」

「それはいくらなんでも、比べる相手が酷であろう」

ひばりの食いしん坊センサーに、未知の単語がヒットした。

「なんですか、そのセッカリュウというのは」

「なんだおぬし、知らぬのか。雪華竜は雪華竜だ。北の極みに暮らす北限の竜だ」

「竜！　それはすごそうですね。食べちゃうんですか」

なんでも非常に希少価値の高い肉で、生息地の住民と美食家の魔族の間で消費されるので、人類種族の市場にはほとんど出回らないのだという。

ソファの空いた席に腰をおろし、ひばりはすっかり聞く体勢になっていた。

「ジビエって感じですねえ」

「魔物料理は、肉を狩る力と正しく調理する知恵のある者にしか許されぬ特権なのだ。そのガガボの故郷は、雪華竜の狩りで有名でな。よって強い戦士が生まれる。な？」

「なるほど──……」

素直に尊敬の眼差しをガガボに向けたら、彼は照れたように巨体で咳払いをした。

エンリギーニもだいぶリラックスしたようで、まだ山盛りの唐揚げやフライドポテトを、すみれの砂糖菓子をつまむがごとく口に運んでいる。

「ガガボさんも、竜の狩りをされていたんですか？」

「親の手伝い程度のことはしておりました。その後は魔族の諸侯に仕えて、故郷にはあまり帰っておりませんな」

「昔は雪華竜といえば保存食で、凍らせたまま削ってかじるものだったそうだ。そこから処理の仕方が確立されたら、まあ見違えたのだ」

「ぐ、具体的には、どう違うんでしょう」

「まず鶏や豚のような家畜とは、風味の深さが決定的に違う。肉質は繊維がしっかりしていて嚙み応えがあるが、数ある魔物肉の中では抜群に柔らかくて食べやすいのだ。食べ方はローストや煮込みが多いな。氷海とラスカー山脈からの吹き下ろしに耐える鱗の下に、こう、特別な脂肪層があって、これを強火で焼き付けると甘みと旨みが……」

「くー、憎い食レポ……！」

聞いているだけで、お腹が減ってくるではないか。

身を乗り出し気味に話を聞いていたら、肩を叩かれた。ステンレスの料理用バットに青葱やたこを載せた伊吹が立っていた。

「あ、伊吹……」

すっかり雑談体勢に入って、おもてなしの方がおろそかになってしまっていた。

「ごめんね、任せっきりになっちゃって」

「いいんだ盛り上がってるなら。これ、たこ焼きの具。あってるよね」

伊吹は咎めるでもなく、応接間の状況を見て目を細めた。

——よかった。なんだか少し嬉しそうに見えた。

「なんだ勇者イブキ。その赤くてブツブツしたのは。まさか貴様も魔物料理を？」

「そんなわけないでしょう、アースサイドに魔物はいないんだ。普通の海産物だよ。モーリタニア産のたこ。今からそこのホットプレートで、たこ焼きを作る」

「タコヤキ？」

「そう。ひばりが焼いてくれる」

なんと東京生まれ東京育ちの伊吹は、家でたこ焼きを焼いた経験がないのだという。

「お好み焼きぐらいならあるけど……」とのことで、不肖ひばりが取り仕切ることになったのだ。

（まずはホットプレートを温めて、そこに油を薄く塗ります——）

小麦粉と卵をたっぷりの出汁で溶いた生地を、鉄板のくぼみに流し込み、そこに葱と揚げ玉と紅生姜、忘れてはいけない蒸しだこの足を、ポンポンと入れていく。

割り箸を削って作ったピックで溝を切り、あふれた生地や具を押し込みながらくるりと回すと、しだいに形が丸くたこ焼きの形に整っていく。

「面白いもんだね。本当に家でできるものなんだ」

「伊吹だって、慣れたらすぐできるよ。このへんはもう食べられるね」

焼き上がったたこ焼きに、専用ソースを刷毛(はけ)で塗り、マヨネーズを素早くジグザクにかける。仕上げにかつおぶしと青のりを振れば、できあがりだ。

「――はいどうぞ、まずはエンリちゃんに」

一番隊を、主賓のエンリギーニに渡す。

彼女は金色の目をまん丸にして小皿を受け取り、薄く削ったかつおぶしが熱で踊る様をしげしげと見つめ、横からガガボの物言いたげな視線を感じると「やらぬ！　これは私のだ！」と素早く口に放り込んだ。

「あ、熱いよエンリちゃん！」

「――んー、んー」

「もしかして喉詰まった⁉」

一瞬緊迫した空気が漂ったが、ひばりが差し出した水を飲むと、すぐにけろりとした顔になった。

「ご無事ですか殿下！」

「ガガボ。これは鶏カラを超える味ぞ。特にソースが神がかっている！」

輝く顔で、二個目のたこ焼きを部下の鼻先につきつけた。

「……なんとお優しいご配慮。このガガボ感激の極み」

幸いにしてたこ焼きは好評で、魔族サイドのみならず、伊吹や別室で待機していたヒースやアロイスにもふるまって食べてもらった。

「たこ焼き？　知ってる知ってる。築地で行列してたの食べた」

「あれは揚げだこです。これはたこ焼きです」

「ゴルドバ殿。申し訳ないがそこのマヨネーズを取ってくれないか」

一部の人間は席が足りず立ち食いになってしまったが、今目の前にあるのは一つのホットプレートを囲んであれが焼けたソースはどこだと賑(にぎ)やかな光景で、これはもう立派な国際交流、楽しい『たこパ』じゃないかとひばりは思ったのである。

＊＊＊

——おかしい。こんなはずではなかったのに。

紅姫エンリギーニは首をひねりながら、勇者イブキの拠点を探索していた。

この拠点は城や館というより狩小屋と言っていい広さと簡素さで、小さな庭から巨大な塔がいくつも見えたことを考えれば、こちらの世界の基準で考えても粗末なのではないだろうか。

エンリギーニが日頃暮らす王城の、広大かつ荘厳華麗な姿を知っていれば、比べることすらおこがましいだろう。実際に行ったことはないが、今も魔族領の中にある魔王バラベスの城は、さらに絢爛豪華（けんらんごうか）であったと聞く。つまり結論としてはしょぼい。憎い勇者を笑う材料を手に入れたというのに、あまりエンリギーニの気分は晴れなかった。

（……ヒバリ？）

きしきしと鳴る廊下を歩いていくと、突き当たりの台所にアースサイド人の娘がいた。勇者がこちらの世界で娶（めと）った嫁だという話だ。火の元に立って、鍋で何かを揚げているようである。

背後から近づいたら、こちらに気づいて振り返った。

「あれ。どうしたのエンリちゃん、一人で」

「どいつもこいつも、タコヤキを焼くのに真剣すぎてつまらぬ」

「あはは。やり始めるとはまるよね」

応接間はこの嫁から焼き方の手順を伝授された男たちが、せっせと鉄板のくぼみに生地を流し込んでたこ焼きを量産している。守り役のガガボまで、『ＭＫＬ』のエージェントに交じってたこ焼きをクルクルさせ、VIPの警備体制などについて話しているのだから世も末だった。

「あやつら、途中で焼く蒸しだこがなくなっても、かわりに豚の腸詰めやチーズを入れだしたんだぞ」

「ビールに合うよね、むしろ」

もはや鉄板の魔力に取り憑かれた大人たちを、止めることはできないようだ。

エンリギーニは台所内の椅子に腰掛け、テーブルに両手をついた。

「ヒバリは何をしているのだ？」

「私？　小麦粉と卵が余ったから、お砂糖とベーキングパウダー足して、ドーナツ揚げてるとこ」

「どーなつ……」

「この後おやつに食べてもいいし、エンリちゃんたちのお土産にしてもらってもいいよね」

ヒバリの手元には、すでに揚がったらしい『ドーナツ』があった。丸い形で、中央に穴が空いた揚げ菓子のようだ。

「はいこれ、崩れて失敗したの。あげる」

「む」

恐れ多くも紅姫に向かって失敗作を献上するとは何事だと思うが、気軽に口に入れられたドーナッツは、熱々の上にあちこちカリカリして美味だった。

「…………悪くはない」

「でしょ？　はっきり言って、ドーナッツ本体より好きだったりするのよねー」

これだ。このノリがいけないのだ。

こちらにつけいる隙を与えず、おいしいものを矢継ぎ早に繰り出してきて、なんとなく有耶無耶にしてしまう空気感。わかっていての言動なら、とんでもない悪妻である。

「ヒバリよ。この手拭きの箱にべたべた貼り付けてある、ピンクの数字はなんだ？」

「パン祭のシールだね。そろそろ交換行かないとな」

「メモ帳に変な絵が描いてあるぞ」

「ごめん、電話しながら落書きするの癖で」

「書いたら剝がせ。次の者が使えぬではないか」

「面目ないです」

「なんだこの趣味の悪い人形は」

もはや目につくもの全てに、ケチをつけずにはいられない状態だった。

エンリギーニが見つけたのは、テーブルの端に置いてあった鍵で、キーホルダーの部分にしおれたぬいぐるみ風の飾りがついていた。

「あー、それ。『うららかウサギ』だね」

「兎なのか？　耳がないぞ」

「取れちゃったんだよね。でもなんか捨てられなくて」

「貧乏くさいな」

「しょうがないよ、伊吹が最初にくれたものだから」

勇者イブキは、歴代の召喚者の中でも最強と誉れ高いのに、女性への贈り物のセンスは、まるでなっていないようだ。

「こんな貧相な安物を、勇者が？」

「言わないでー、エンリちゃん。確かにむちゃくちゃしょぼいのよ。伊吹が東京帰る時に、時間なくて駅の売店で買ったやつ。一応京都限定バージョンらしいけど、京都在住の人間にくれてもねえって微妙さなの」

「怒るべきでは？」

「それでも記念だからさー」

けれど残念さを語るひばりの表情は、愚痴のはずなのにひどく明るかった。むしろ勇者自身への深い愛情が、透けて見えるぐらいだった。

（前以外向いたことがないという感じだな、こやつは。後ろに何があるのかも知らぬのではないか？）

こうなるとこちらとしても意地がある。何がなんでも曇らせてみたくなってきた。

わざと目を伏せ、悲しげにため息をついた。

「ヒバリは贅沢者だな。私には恋人どころか、親の一人もおらぬのに」

ことさら声を落として呟いたら、はじめてひばりが、心の痛いところをつかれたように口ごもった。

「……エンリちゃん……」

「生まれた時から敵地に暮らし、同族も近くにいない暮らしが想像できるか？　どれだけ心許ないか」

「ごめんなさい。そうだよね。私、すごく無神経だったね」

「何に謝る？　そうやって上からわかったふりをされるのが、一番腹がたつ」

「ふりなんて。そりゃあ、全部体験してるかって言われたら無理だけど……お父さんもお母さんもいなくて、施設で暮らしたりする気持ちは、ちょっとだけわかるから」

――ずるいだろう、こんなのと思った。

どうにかして、この脳天気で楽天的な娘を傷つけてやりたかったのに、実際顔が曇ると罪悪感がひどい。私は親がいないなんて知らなかったのだと、言い訳がしたくなる。でもいったい誰に？

「……ヒバリも、一人だったのか」

「うちの両親、駆け落ちで結婚したから、亡くなった時に行き場がなかったんだよね。施設にいたのはちょっとだけだけど、おじいちゃんが気づいて迎えにきてくれるまでは、やっぱりきつかったよ。怖くて不安だった」

動揺するな。後悔するな。つまらない奴らと嗤ってやるために来たのだろうに。

エンリギーニは唇を嚙み、ひばりが大切にしているキーホルダーを、素早く手の中につかみ入れた。

「私、確かに恵まれてるよ。不自由なく育ててもらって、その時々で友達もいて、伊吹にも会えた。不満なんて言っちゃいけないね……って、エンリちゃん？」

「――ヒバリ、これを見ろ」

言って椅子から飛び降りた。

直前まで『ドーナツ』を揚げていた鍋の前に立ち、ひばりの前で、これみよがしにキーホルダーを投げ込んでやった。

熱い油が撥ねてエンリギーニにまでかかるが、構うものかと思った。奇怪な人形と鍵はぶくぶくと泡に包まれ沈んだり浮いたり、まるで生きてもがいているようだった。

「……うそ」

「はは。兎も熱くて目が覚めたか」

ひばりはよっぽどショックだったのか、両手で口をおさえ、顔からは血の気が引いていた。

「なんだ、何か文句があるか？　あるなら言ってみるといい。魔王の娘が聞いてやるから」

どうせ言えないに決まっている。この娘も腹の中に不満を溜め込みながらこびへつらう、卑しい鼠の一匹だと思えば安心できるのだ。

しかし次の瞬間、彼女は今までにない鬼のような形相になり、エンリギーニの腕をつかんでシンクの方へ引っ張ると、頭も押さえ込んで上から水をかけ始めた。

「ぷわ、何をす」

「動かないで──伊吹！」

緊迫した声で勇者を呼ぶ。

「どうした！」

すぐさま伊吹が、愛刀の『二藍』を携え、光の速さで現場に到着した。

「救急車呼んで！　エンリちゃん油かぶった！」

「油？」

「ドーナツの。かなり熱いの！　早く！」

遅れてアロイスやガガボなどもやってきて、台所の前は一気に混雑した。

エンリギーニはひばりによる水攻めをくらい続けていたが、なんとか水道の下から頭を引き抜き、ひばりの腕をつかんだ。

「落ち着けヒバリ、大丈夫だから」

「でもエンリちゃん！」

「よく見ろ。脆弱な人類種族などと違って、私は魔族だ。これぐらいでは傷一つつかぬ」

実際水をかぶったエンリギーニの肌が、赤み一つ帯びていないことに、ひばりもようやく気づいたらしい。

「……そ、そうなんだ。よかったあ……」

かろうじてそれだけ言って、涙ぐみながらびしょ濡れのエンリのことを抱きしめた。

大事な記念の品をめちゃくちゃにされたことなど頭にないように、よかったよかったと何度も繰り返した。

「なんだもう、早く言ってよお。ほんと無事でよかったあ……」

——恥ずかしい。

猛烈な羞恥に顔が熱かった。目の奥まで熱かった。自分という存在が恥ずかしくてたまらなかった。どう考えても、負けたのは自分の方だろう。

「……すまぬ、ヒバリ。私は、馬鹿にしてやりたかったんだ。イブキが私のものじゃなくなってしまったから。イブキは私のお母様なのに、私に意地悪になって、勝手に嫁をもらった！」

「…………はい？」

エンリギーニはぼろぼろと涙をこぼし、泣いて訴えたのだった。


盾と、槍だ。

卵から出た時の光景を、エンリギーニは盾と槍という形でうっすらと覚えている。

メリアカンの首都シントンにある列侯大聖堂は、塔の一角で保管していた一級呪物の孵化という事態に震撼していた。まだ頭に殻のかけらをつけたままの、ぼんやりして五感もおぼつかないエンリギーニを、屈強なフルアーマーの警備兵が扇状に取り囲んでいる。その後ろには、蒼白な顔の聖職者たち。

充分すぎるほどに取った台座との距離は、明らかにこちらの攻撃を恐れてのことだった。

「……動いた」

「あれが魔王の残した遺児か」

「なんと禍々しい」

自分が魔族からヒトに差し出された人質だということも、この時はよくわかっていなかった。勝手に喋る声こそ複数聞こえてくるが、やはりがやがやとして誰のものとも判然としない。

「すみません。卵が孵りそうだと聞きましたが」

「はい。すでに頭も出ていて——いけませんイブキ様！」

不意に人垣が、大きく割れた。

兵の間から、一人の若い男が歩いてくる。

いったい誰だろうか。ものものしい装備の周りに比べて、男は小柄で線も細く、ほぼ丸腰に近い軽装だった。

それでもエンリギーニは、感覚でわかった。この男はたぶん、とてつもなく強い。周りにいる誰よりも強い力を持っている。

男は台座の前までやって来ると、無造作に腰をかがめて、視線をエンリギーニに合わせた。髪の色に似た黒瞳を細め、にこりと口の端を上げる。

「やあ。僕はイブキ。君は？」

「……わからない」

「そうか。じゃあまずは名前からだね」

後にエンリギーニは知る。この若い男が、自分を産み落とした魔王を倒し封印したのだと。

「勇者殿！　危険です。早くお下がりください。そのようにうかつに近づいては」

「……大丈夫ですよ、大司教。すごく綺麗（きれい）な目の女の子じゃないですか。僕らで大事に育ててあげましょう」

勇者にそう言われたからか知らないが、エンリギーニの身柄は王城に移され、それはそれは大事に、腫れ物にさわるように育てられた。

エンリギーニ自身は、遠巻きに語られる言葉の全てを最初から理解していたわけではないが、向けられる哀れみや恐れという感情そのものには非常に敏感だった。不快に思えば、相応の報復に出て撃退した。

「――また食事をひっくり返したんだって？」

与えられた温室に引きこもっていると、時々勇者が顔を出した。

エンリギーニは、お気に入りのクッションを抱えて顔をそむける。

「可哀想に。女官の人泣いてたよ」

「奴らがいけないのだ。魔族が嫌いなくせに嘘をつくから」

「そうやって棘ばっかり出してると、好きになるきっかけもないよ」

伊吹はエンリギーニの向かいに腰を下ろし、テーブルに布の包みを置いた。

「なんだそれ」

「俺の昼飯。ばたばたしてて食べそびれててさ。半分こしようか」

その日彼が持参したのは、庶民向けの黒パンにチーズとハムを挟んだだけの簡素なものだったが、その場で無造作に半分に千切って、エンリギーニに渡してくれた。真似して大口を開けてかじったそれが、掛け値なく今までで一番おいしい食事になった。

勇者の仕事次第で波はあったものの、おおむね週一ぐらいのペースでこちらの温室を訪れ、昼食をともにするのが習慣になった。

料理はエンリギーニ側で用意したものを、二人で食べることが多かった。そしてその傾向が変わったのは、ここ数ヶ月のことだ。

「……なんだ、またイブキは自前か？」

「そうだね、ごめん。俺のは持ってきてるから」

どんな豪華な昼食を用意しても、自分が家から持ってきたという弁当の方を優先して食べるのである。

その弁当というのが、巾着入りの小さな曲げ木の器で、中に肉だ卵だ煮た野菜だのが、こちょこちょと詰めてあるだけ。世話係の給仕でコース料理を食べるエンリの前で、毎度マイペースに箸を使って食べてくれるのだ。

見ていると、貧相なくせにどうしても食べたくなってくる。

「その肉団子、一つくれ」

「だめ」

「卵を焼いたのは？」

「それもだめ。朝から楽しみにしてたから」

伊吹は毎度首を横に振る。大抵のわがままは困り顔で聞き入れてくれるくせに、これに関しては妙に頑（かたく）なだった。

「じゃあ、じゃあ交換にしよう。それならいいだろう。コリオドル産六角牛（ろっこうし）のフィレステーキだ」

「ダメです。理由は俺の大事な人が、俺のために作ってくれたものだからです」

――一つ気づいたことがある。エンリギーニが勇者の弁当を食べてみたくなるのは、それを食べる時の顔が本当に幸せそうだからだ。弁当蓋を開ける前から待ちきれない感じで、実際中身を見れば口許(くちもと)を緩ませ、嬉(うれ)しそうに、一つ一つ幸せを噛みしめるように食べるから気になって知りたくなって。

「そういえば勇者様、ご結婚されたそうよ」

伊吹が出ていった後のテーブルを、世話係たちが片付けながら噂(うわさ)していた。

「まあ、どこの貴族の姫君と?」

「それが故郷の方らしいの。アースサイドよね」

エンリギーニはことの真偽を確かめるため、まずは王宮の女官長に聞いてみた。女官長が言葉を濁すので、今度はガガボ経由で探らせた。

しばらくすると大分話が大きくなったようで、伊吹本人が血相を変えてやってきた。

「俺の結婚相手に会いたいって、なんで!?」

別に会いたいわけではなかったのだ。誰も詳しいところを教えてくれなかったので、結果的にそういうニュアンスが含まれてしまっただけなのである。

しかしこうも慌てられると、むしろ暴いてやりたい欲が湧いてくる。

「いいだろう別に、理由など。貴様の苦しみこそ我が喜び」

「魔王の真似はやめようエンリ！」

「さぞや傾国の美女なのであろうな！」

幸せの味を教えてくれないなら、確かめに行ってみるまでだ。

実際にこの目で見に行った勇者の嫁は、見た目は十人並みだが相当マイペースで、エンリギーニが可愛(かわい)いと目を輝かせ、そして優しいところは少しだけ勇者に似ていた。

＊＊＊

縁側に、ドライヤーの節電モードの音が響き渡る。

いくら魔族の体が丈夫でも、髪と服についた天ぷら油のべたつきはいかんともしがたく、一緒に汚れてしまったひばりもまとめて風呂に入ってもらったのだ。

ただ今エンリギーニは、豪奢(ごうしゃ)なドレスの下に着ていたシュミーズとドロワース一丁という涼しい格好で、ひばりにドライヤーをかけてもらっている。

「ねえ、エンリちゃん。ぐらぐらしないで、ちゃんと真っ直(まっす)ぐ座ってて」

「……んー」

縁側に座る彼女は返事はするものの、声はむにゃむにゃとろけて上の空だ。かなり眠たくなっているようで、ひばりはだめだわこりゃと嘆息した。

横では伊吹があぐらをかいて、キーホルダーの『修理』をしている。

「どう、直りそう?」

「なんとか元の形に近いぐらいには。ごめん、俺修復の魔法は苦手なんだよ……」

「私は伊吹が魔法使ってることが、素直に驚きだよ……」

彼がやっているのは壊れた品の時間軸を戻す魔法らしいが、見た目は両の手の平の間でキーホルダーが光りながらくるくる回っているだけだ。新手の手品と言われれば、納得してしまいそうな感じである。

「そういう魔法って、いつからできるようになったの?」

「向こう行ってから、かな。なんかチャンネルが合った感じで、一回覚えたら忘れようがないんだよ」

「ねえ、ねえ。もしかしてその魔法とか使ったら、私がお皿割った時に修理できたりする?」

「真っ二つならいいけど、それ以上は厳しいなあ……」

「意外と不便だね」

喋りながらも乾かす手だけは動かし続けていたが、エンリギーニの体がついに大きく傾いた。座布団に座ったままこてんと横倒しになり、そのまま実に器用な姿勢で寝息をたてはじめた。

「……あーあ、寝ちゃったよ」

「ずいぶん懐かれたもんだね」

人ごとのように笑っているので、つい悪戯心（いたずらごころ）がわいた。

「一番懐かれたのは誰？『お母様』」

「う、それは……」

真面目な伊吹は、露骨に答えに窮してしまった。

「……なんだかなあ……せめて父親ならわかるんだけど……いやでも、それはそれで問題か……」

「あのさー、伊吹。私、ちょっとだけ思ったんだけど。エンリちゃんって、確か卵で生まれたって言ってたよね」

「言ったね」

「で、たぶん生まれて一番初めに見たのが、伊吹……」

「——ひばり、まさか」

そう。そのまさかだ。ひばりは人差し指を立ててうなずいた。

「鳥の刷り込み(インプリンティング)」

エンリギーニは生まれたての、心の一番柔らかいところに刷り込まれた伊吹という存在を、ずっと親のように頼ってきたのではないだろうか。

伊吹はまだ信じられないようだ。

「俺、産みの親の敵だよ？」

「それでもだよ。エンリちゃんにとってはお母さん的存在なの、伊吹が」

持って生まれた本能には逆らえない。何より伊吹も、エンリギーニが魔王の特性を引き継がないよう、ずっと優しさをもって接していたようではないか。

「……参ったな……」

伊吹は嘆息交じりに立ち上がると、あらためてエンリギーニの頭側(がわ)に移動した。

しゃがんでその、あどけない寝顔をのぞき込む。

「そうか。俺は君の親鳥になってたのか、知らないうちに」

その声は染みいるほどに穏やかで、生まれる前から見守ってきたという言葉に偽りはないのだと思った。

寝ているエンリギーニが顔をしかめて、薄目を開けた。

「イブキ……？」

「わかったよエンリ。これから先も、俺は君のお母様だ。誰と結婚しても俺は君のことを大事にするし、卵の殻を取ってあげた事実は揺らがない。約束だ」

エンリギーニの小さな手を取り、小指と小指を絡める。指切りげんまん、ということらしい。

「これは？」

「約束のおまじない。魔法みたいなものだよ」

伊吹に指切りをしてもらったエンリギーニは、嬉しそうに目を細めた。見ているひばりまで、温かい気持ちで見守ってしまった。

よかったね、エンリちゃんと思う。

大好きな伊吹『お母様』から、こんなに素敵な言葉を貰えたのだ。

「──おーい、イブキー！　奥さんもー！」

庭にいるアロイスたちが、ひばりたちを呼んだ。

「ガガボ・ゴルドバ氏、帰還なりー」

そうだいけない、彼を忘れていた。

エンリギーニの守り役ガガボには、エンリギーニの着替えを取りに、いったん異世界に行ってもらっていたのだ。これはこれで大変な役目である。

古井戸から出てきたガガボの姿を見て、エンリギーニは「そろそろ時間か」と起き上がった。

寝ぼけた感じは、もはやない。

「ヒバリよ。貴様にも世話をかけたな。イブキの弁当の秘密がちょっとわかったぞ」

「とんでもない。私も楽しかった」

初めは大人同士でもぎこちなかった魔族サイドと人類サイドだが、パーティーでたこ焼きをつついているうちに、少しずつ打ち解けたのではないだろうか。

「どうだ、ひばり。いっそ私の嫁にならないか?」

いきなり恭しく手を取られて、一瞬何がなんだかわからなかった。

「……は、はああ!?」

「いきなり何を言うんだ君は!」

ひばりどころか、伊吹まで泡を食って突っ込んだ。

「嫁って、だめだよ。エンリちゃん女の子でしょう!」

「それは子孫が残せぬという心配か? 魔王バラベスは一人で私を産んだし、私もその時が来たらたぶん一人で産むぞ。魔族は単性で殖えるからの」

いわく、その外見的特徴は性差ではなく個性であり、生殖も単体で行うものらしい。

エンリギーニは可憐を極めた外見で、無邪気に微笑む。

「だからイブキは私を導くお母様で、ヒバリは嫁にする。毎日楽しい。これで解決だ」

「なんの解決にもなってないと思う……」

伊吹はと言えば、『取引先の社長の娘』とも言える存在に妻を盗られる事態を想像したようで、「やばい。上層部になんて説明する。どうなるんだ……」と白目をむいている。

しっかりしろ夫と肩を揺さぶりたかった。

仕方ないから、自分で説得するしかない。

左手の結婚指輪を見せつけつつ、我は既婚者なりと力説する。

「だからね、これ見て。私もう結婚済みなの。伊吹の妻！」

「いっそ世界を股にかけるのはどうだろう」

「そんな重婚嫌！」

さきほど打ち解けたと自分で言ったが、謹んで訂正する。やっぱり異世界、違いが多すぎて訳わからない！

3話 内緒のご馳走はおいしいかもしれません

伊吹(いぶき)が出張に行くことになった。予定では一週間らしい。

「着替えとかは、そんなにいらないんだよね」

「うん。どうせ現地入りする前に、いったん着替えるから」

「だよねえ」

ひばりは二階の寝室で、荷造りの最終確認をする。

こちらの頭に思い浮かんだのは、あの帯剣したマント付きの服だ。現地では普通の格好らしいが、アースサイドの視点だとどうにも『衣装』に見えてしまう。似合っていて格好よくはあるのだが。

行き先が異世界ともなると、準備も装備も変わってくるものだ。

最後にビジネスバッグのファスナーを閉めた。

「はい」

「サンキュ」

ちょうど夏用スーツのネクタイを締め終えた伊吹が、ひばりからバッグを受け取った。

一緒に寝室を出て、階段を下りていく。

「今度は何しに行くの？」

「んー、なんと言っていいやら」

「言えるとこだけでいいんだけど」

「簡単に言うと、治安維持になるのかな。魔王軍の残党があちこちで問題起こしてて、今回確かな情報が入ってきたから、捕まえにいくんだ」

「警察みたいなこともやるんだね」

「所轄の応援ってところだよ。俺たちはサポート」

なんにしろ、気をつけてほしいものである。

一階に下りると、開け放った障子の先に、庭の風景が広がっていた。

暦は七月に入り、東京は六月に引き続いて絶賛梅雨空が続いている。なかなか草むしりが追いつかない純和風の庭は、咲き誇る紫陽花と一緒に古井戸が雨に濡れていた。

「ねえ、伊吹」

「ん？」

「あのギリムさんに直してもらった井戸、まだランズエンドに繋がってるんだよね？　なら、あそこから直接行った方が近道なんじゃないの？」

何もわざわざ雨の中、東銀座（ひがしぎんざ）まで通勤する必要もない気がするのだが。

ひばりの素朴な疑問を受けた伊吹は、唇を真一文字に引き結んで黙りこんだ。

「絶対楽だと思うんだけど。だめなの？」

「……いや。通勤経路はあっちで申告してないから。たぶんなんかあると労災がきかない」

「まじめー」

これが世界を救った勇者の言うことか、と思う。

あくまで届け出通りに地面を歩いて会社に行くという夫を、玄関まで見送った。

「それじゃひばり、行ってくるよ」

「はい。忘れ物はない？」

「傘は持ったよ」

「それだけ？」

不思議そうな伊吹。本当にまだまだだ。

こちらが笑顔を維持していると、ようやっと気づいたらしい。折り畳み傘を反対側の手に持ち直して、ひばりにキスをした。

「行ってらっしゃい。がんばって」

「できるだけ早く終わらせてくるよ」

「その意気だ」

　結婚までしたのに、初々しい反応がつきあいたての頃とあまり変わらなくて、そういうところも好ましいなとひばりは思うのだ。

　あらためて伊吹を表へ送り出し、玄関のガラス戸を閉めた。

（……さて。行っちゃった）

　そう。行ってしまった。旦那の出張。異世界に一週間。

　相手が敷地から完全にいなくなったであろう頃、ひばりはあふれ出る解放感のあまり、たたきにサンダル履きで「ひゃっはー」とジャンプした。

（自由！　フリーダム！）

　ダーリンを愛しているのは確かだが、出張中は誰にも何も言われず、家でのびのび過ごせる自由があるのもまた事実なのだ。

　今ひばりは板張りの廊下をスキップで移動してから、広い座敷でバレエダンサーのようなジャンプとピルエットの回転を決めたが、咎める人は誰もいないのである。

（伊吹別にうるさいこと言う人じゃないけどさ、やっぱ気は使うよね）

これは実際に一緒に暮らすようになり、そしていない時期も経験しての実感であった。

さあこれから一週間、何をしよう。録り溜めたドラマを観ながら寝落ちしようか。夕飯を作るのが面倒だからと、お菓子で済ませてもいい。逆に思い切り丁寧に、趣味に走ったご飯を作ってもいい。歯科医院のパートは通常通りあるが、帰りに服や雑貨でも見てから一人飲みも自由自在だと思えば、なんでもありだろう。

「あー、たーのーしーみー」

創作ダンス『独身気分の舞』を踊っていたら、玄関でチャイムが鳴ってどきりとした。

――いけないいけない。いくら自由でも奇行はまずい。

庭越しに踊っていたのがばれていないか今さら気にしつつ、乱れたポニーテールを結び直して玄関へ向かった。

インターホンを鳴らしたのは、宅配業者だった。

「おはようございます。シロネコ運輸クール便です！」

「どうも、雨の中お疲れ様です……」

伝票に判子を押すのと引き換えに、デパート風の包装紙に包まれた箱の荷物を受け取る。

三十センチ角ほどの見た目のわりに、中身はずっしりしていた。

（なんだろ、こういうの来る予定あったっけ……）

ひばりは首をひねりながら、台所に行く。

ダイニングテーブルに荷物を置いて、あらためて伝票の差出人を確かめてみた。

「……宛先は……え、私だ。で、差出人は……エンリギーニ、バラベス……嘘ぉ！」

思わず変な声が出た。あの紅姫様ではないか。

混乱しながら包装紙を外すと、中から『お中元』と書かれた立派なのし紙が現れ、箱を開けると凍ったかたまり肉らしきものが入っていた。

『貴様らの里では年に二度、季節の品を贈り合う風習があると聞いたぞ。雪華竜の胸肉だ！　めったに食べられない逸品だぞ』

肉の上に、エンリギーニの手書きとおぼしき達筆のメモもあった。可愛らしい自画像も描いてある。

魔族より差し出された人質として、ヒトの王城内に暮らす彼女が我が家にやってきたのが、五月の半ば頃のことだ。あの時はひばりのことを嫁にしようと言いだして、総出で説得するのが大変だった。

ひばりが既婚者であることよりも、こちらに異世界へいく特性がないことで納得してもらったのはいまだにどうかと思うが、今もひばりやアースサイドの事情には、興味津々らしい。こうやって聞きかじりの知識を、がんばって披露してくれるのだ。

（お中元なんて、エンリちゃん難しいこと知ってるな）

風習を調べたり、手配したのは誰だろう。守り役のガガボだとしたら、本当にご苦労過ぎる。

卵から孵（かえ）ってまだ六年のエンリギーニが、彼女なりに好意を示してくれること自体は嬉（うれ）しいし、微笑（ほほえ）ましいとも思うのだが、いかんせん種族による倫理観の壁は厚いのだ。

ひばりはラップに包まれカチカチに凍っている肉の塊を、あらためて観察してみた。

（……竜の肉、だっけ？　ガガボさんの故郷の名物だって言ってたよね）

肉の質感としては、赤みが強く皮が厚めの鶏肉（とりにく）、あるいは豚ロースのかたまり肉のように見える。地元民や一部の美食家の間にしか出回らない、ランズエンドでも超希少な食材と聞いた時、食いしん坊な弁当屋の娘としては、ぜひ一度食べてみたいと思っていたのである。

量はそれほど多いわけではない。体感で鶏胸肉一枚程度、三百グラムちょいといったところか。

成人男子の伊吹と二人でシェアすると、あっという間になくなってしまいそうだ。

「………悪いこと思いついちゃったかも」

三輪ひばり、この上なくダークな顔で呟く。

独身気分の一日目は、この雪華竜の肉を焼いて一杯と決め込むのはどうだ。伊吹にはもちろん内緒である。

(悪いやっちゃなあ。でも冷蔵庫でじっくり解凍して、夜はソテーしたレア肉で一杯きめるのよ)

思いついた凶悪プランに心を踊らせながら、いただいた肉を冷凍庫ではなく、冷蔵庫に保管したのだった。


ふんふんと鼻歌を歌いながら雨合羽スタイルで自転車をこぎ、大小の橋をいくつか渡って歯科クリニックのパートに行った。

「——ちょっとねえ、あんたいつまで待たせるの!?」

「申し訳ありません。順番に診ておりますので、もう少々お待ちください」

「もうね、三十分も待ってるんだけど！　これじゃ予約の意味ないじゃないのっ」

「順番ですので、ご協力いただけますか」

「ネットの口コミに書いてやるわよ！」

　短気で怒りっぽい患者さんが受付でぷんすかしようと、幼稚園児のお子さんが診察室から脱走してくるのをディフェンスでガードするはめになろうと、今日は余裕で対応し受け流せた。

「なんか今日、やたらカリカリした人多くない？」

「そうですか？　雨だからじゃないですか？」

「おお、三輪さん偉い」

　菊花（きっか）は驚くが、家の冷蔵庫に竜の極上肉が置いてある人間はひと味違うのだ。

　夕方までの勤務が終わって、地元密着系酒屋で悩んだ末に赤ワインなどを購入する。やはり肉料理には赤なのだというセオリーにのっとって、意気揚々と帰宅した。

　濡れた雨合羽を風呂場で干し、いざ実食と冷蔵庫を開けるが、肝心の雪華竜は凍ったままだった。

「ありゃー、まだダメかあ」

　朝から冷蔵庫で解凍すれば大丈夫かと思ったが、かたまり肉を甘く見ていたようだ。

　レンジでむりやり解凍する方法も考えたが、どうせなら手順はきちんと踏みたい。ここまで来たら時短は悪手だ。

——仕方ない。ワインを開けるのは明日に回し、本日は冷やご飯のお茶漬けで簡単にすますことにした。

（わびしい……）

しかし明日だ。明日になればきっと。

翌日のパートも、なかなかひどかった。

「あのな、入れ歯の調子がおかしいのよ。こないだ調整してもらったばっかなのに」

「柴田様ですね。三時からのご予約になっておりますが」

「あのな、入れ歯の調子がおかしいのよ。こないだ調整してもらったばっかなのに」

「ですから三時」

「あのな、入れ歯の調子がおかしいのよ。こないだ調整してもらったばっかなのに」

天気こそぎりぎり晴れたものの、予約時間を間違えて来た患者さんが今すぐ診てくれとカウンターで粘り続け、従業員休憩室の冷蔵庫が故障し、スリッパを間違えて履いて帰ったおばあちゃんを、走って二百メートル全速で追いかけた。

「今日って三輪さん厄日？」

「いえっ、そんなことはないはず！」

よろよろになりながら自転車をこいで帰宅したが、肉はまだ凍ったままだった。

それどころか翌日、いやそのまた翌日の朝になっても、一ミリも溶ける気配がなかったのだ。


「どういうこと!?」

ひばりは混乱していた。

おとっときのワインと雪華竜をよりどころにし、度量の広い受付パートをやるのも限度があるのだ。

肉の方は半分やけになって、昨日の夜からシンクに置いたボウルに入れっぱなしだが、それでも溶けないというか、ドライアイス的な冷気がいっそう強くなっている気がする。

冷房も入れていないのに、部屋が肌寒い。

「お、お湯をかける……」

もはや解凍の手順など無視だった。試しにヤカンでお湯をわかし、肉に熱湯を回しかけてみる。

ごぼごぼごぼっ、と白い煙とガスが噴き出てきた。

「ひいい」

こちらは完全にドライアイスに水をかけた時の反応で、すぐにお湯の方が水になり、ボウルの水面に薄氷まで張りだしたので、慌ててトングで肉を取り出した。

「ち、直接、焼く……」

お湯より上の温度。単純な発想で火を付けたフライパンで、直接ソテーにしてみる。

しかし、油を引いたフライパンに凍った肉を載せ、岩塩と黒コショウをミルで引き、焼けるのを待ってみるが、変化はまったくない。かちこちのままだ。

――おかしい。どう考えてもこれはおかしい。

「エンリちゃん！　どうやって食べるのこれ！」

取ってあったお中元の箱の、添え書きのエンリギーニに向かって訴える。

だがその時、鳥の巣のような緩衝材の下に、まだ一枚、別の紙が入っているのに気がついた。

（何これ……注意書き？）

『雪華竜は、それ自身が冷気を溜め込みやすい性質がある。食べる時は高温（二級以上の

火炎魔法）で、一気に解凍・調理すること』

恐らくガガボ・ゴルドバが、良かれと思って書いてくれたのだろう。三角帽子の魔法使いが杖（つえ）をふるい、大きな骨付き肉がこんがり焼けるフリーイラストも添えてあった。

しかし、しかし――。

「――うちに、あるのは、電気と都市ガス!!」

血を吐く思いで叫び、ひばりは顔を覆った。

どうしよう。伊吹に頼めば解決するのかもしれないが、彼は今異世界に出張中である。帰ってくるのは週明けだ。ならどうする？

（そうだ、アロイスさんは？）

思い浮かんだのは、伊吹の同僚、金髪碧眼（へきがん）で口が回るエルフの魔法使いだった。彼を本部の受付で呼び出すとか？

きっと事情を話せば、にこにこしながら引き受けてくれるだろう。

『けっこうですよ、奥様。これぐらいお安い御用です』

『ありがとう！』

これで万事解決。しかし脳内シミュレーション動画には、続きがあった。

『それにしても――旦那に隠れて食べる焼き肉の味とは、さぞ美味でしょうよ。いやあ呆れた呆れた。なあガーゴイル。君はどう思う？』

『意地汚ーィ』

いやいやいやいやダメダメダメダメダメダメ。

想像上のアロイスとのやりとりに傷つき、ひばりは自分で自分の案を却下した。

ここまで意地悪なことを直接言われる可能性は少ないだろうが、心の中までは覗けないし、ゼロでないなら怖すぎる。

（そもそもアロイスさんも、伊吹と一緒に出張かもしれないし）

彼はヒースや伊吹と、同じチームで仕事をしているようなのだ。

ならばどうする。今もフライパンの上には、無情な冷気を放つ雪華竜の肉がある。ただじっと見つめてみた。

――諦めるか。

ここまで引っ張って引っ張って、特別なご褒美として心の支えにしてきたが、またしまい直して伊吹が帰宅するのを指をくわえて待つとするか。思い切り調理して、食べようとした跡が残ってしまっているが。

（嫌だ）

心がノーを叫んだ。

やはり嫌だ。ここで諦めるのはなしだと思った。

これはひばり宛のお中元であり、なんのために仕事上がりに銀座(ぎんざ)にも築地(つきじ)にも立ち寄らず、家でしょぼいお茶漬けをすすってしのいできたと思っているのだ。久しぶりの自由、高いお肉でちょっと一杯、それで日々のお疲れをねぎらうはずだったのだ。

ひばりは焼きそこねた雪華竜の肉をアルミホイルにくるみ直すと、いったんビニール袋に入れてから保冷バッグに突っ込んだ。

今日は木曜で、パートは休みである。雨も小雨(こさめ)程度で、まだやれることはあるはずだった。

(必要なのは、都市ガス以上の高温)

(一気に調理)

思いつく心当たりが、一件だけあった。傘と肉の入ったトートバッグを持って、地下鉄の駅へ急いだ。

＊＊＊

月島の地下鉄から私鉄をいくつか乗り継ぎ、たどりついたのは同じ東京湾河口の街でも、多摩川を擁する大田区だった。

こちらは昔からものづくりが盛んらしく、埋め立て地や多摩川沿いを中心に、大会社の工場から小さな町工場まで、製造業の企業が沢山集まっていた。

ひばりが訪れたのは、その中でも『ミワ金属工業株式会社』という、金属加工関係の会社である。

扉が大きく開け放たれた工場内を覗くと、プレスや旋盤の機械が稼働する音が響き、時折火花も上がって賑やかだ。

倉庫の横に事務所棟のビルもあり、すれ違う社員の人に挨拶しながらひばりが目指したのは四階最上階の社長室である。

ノックとともにドアを開けると、ワイシャツに作業ジャンパーを着た還暦過ぎぐらいの男性が、執務デスクの電話を切ったところだった。

「──おお、ひばりちゃん！」

「お久しぶりです！」

社長の名は三輪太郎。ちょっと頭頂部は寂しめだが、あまり脂ぎった感じのない枯れた容貌は、夫の数十年後の姿なのではないかと思う。そう、この人こそひばりの舅であり、伊吹の父親なのだ。

「いやあ、どうしたんだいったい。家じゃなくて工場の方に来るなんて。ああ座った座った。おーい、誰かお茶持ってきてくれないか――」

太郎は部屋の外に向かって声をはりあげつつ、ひばりを応接セットに座らせる。

「ちょっと近くを通りがかったので。あのこれ、佃島の佃煮屋さんで買ったんです。おいしいのでお義母さんと一緒にどうぞ」

「前に貰ったやつだよね。あれは確かにうまかったよ！」

電車に乗る前に買ったお中元の品を、紙袋ごと太郎に手渡す。建前上は、エンリギーニと同じ時候のご挨拶ということにしていた。

「皆さんお変わりありませんか」

「ないねえ。母さんは相変わらず習い事三昧だし、私は尿酸値がまずくてビール禁止だ」

太郎はさっそく持ちネタを披露していた。

先代からこの工場を継ぎ、二人いる息子のうち長男も、同居して太郎の仕事を手伝っているという。完全に家を出て別の仕事をしているのは、次男の伊吹だけだった。

「日向のところも色々あるらしいが、まあなっちゃんがしっかりしてるから大丈夫だろう。ひばりちゃんのところはどうだい」

「おかげさまで、伊吹さんと協力して楽しくやってます」

笑顔で模範解答を口にする。これは決して嘘ではない。

その後も当たり障りのない話を二、三し、庶務の人が持ってきてくれたお茶を一口飲んだ頃、太郎が言った。

「それで？　ひばりちゃん。本題は？」

「……え？」

「とぼけないでいいよ。わざわざ母さんの目が届かないところで、私に話があって来たんだろう。何か頼みたいことがあるんじゃないか」

ソファの向かいに座る太郎は、相変わらず気のいい笑顔を浮かべているが、眼差しはいつも抜け目がないのだ。

（ああ、お義父さんたら。さすがです）

感服する。こういう話が早いところが、大好きなのだ。

いざ口にしようとすると、気恥ずかしさが先に立つ。ひばりは伏し目がちに、ややはにかみながら答えた。

「その……顔合わせの会食の時、お義父さんはおっしゃってたじゃないですか。ミワ金属工業で主に扱ってるのは、色んな金属の設計と加工と組み立てだって」

「ああ、言ったね」

場所は近くの品川(しながわ)のホテルで、祖父新八(しんぱち)とともに食べた会席料理の味を、今もよく覚えている。

「溶接もやってて、特に酸素とアセチレンガスを使ったガス溶接は、最高三〇〇〇度にもなるんだって話が印象に残ってたんです。すごいなあって」

「女の子でそういうことに興味もつのも、珍しいね」

「そんなことないですよ」

ようは都市ガスや料理用ガスバーナーなど、目ではない高温であるということだけは覚えていた。

ひばりは太郎を真摯に見つめながら、アルミホイルの包みが入ったビニール袋を取り出した。

「お義父さん。どうか何も言わずに、『これ』をバーナーで焼いてくださいませんか?」

魔法め。現代科学の力を思い知るがよい――。

社長室がある建物を出て工場の方に移動すると、太郎は目についた若手社員に声をかけていた。

「社長ー、ほんとやっちまっていいんすかー？」

「いいからつべこべ言わずにやるんだ。責任は私が取るから」

溶接用の防護服を着ている青年は、「ういーっす」の一言で甲冑のようなマスクをかぶり直し、太郎から受け取った包みのアルミホイルをはがして作業台に置いた。そうするといかにも凍った生肉な見た目があらわになるが、気にせず火を噴くトーチを向けて炙りはじめた。

「あのっ、ちょっと解凍が難しいお肉なんです。表面が溶けたら、後は軽く焦がす程度でお願いします！」

「ういーっす」

火花などが飛んでこないよう、ひばりたちは少し離れた所で作業を見守った。

（そうよがんばれ。行け行け科学）

なんとなくデコった団扇を振って、応援したくなる。

今のところ台所で見せたような抵抗は見せず、雪華竜の肉は素直に焼かれているようだ。

「なあ、ひばりちゃん」

「はい、なんでしょう」

「あの肉、普通の肉とは違うよな」

「どうなんでしょうねー。伊吹の会社の取引先からいただいたってだけで、私も詳しいことはわからないんですよ」

もうそういうスタンスで行くことにしたのだ。

「海外の輸入品ってことぐらいしか。冷凍のコンテナに長く入ってたみたいで、家のグリルだとなかなか焼きにくくて困ってて」

「というかランズエンドのものだろう、あれ」

電車に乗る間に考えた、ひばりなりに整合性があって嘘でも本当でもなさそうな説明を、太郎は一言で看破してしまった。

取り繕うこともできず、まじまじと舅の顔を見返してしまう。彼は神妙な顔で腕組みし、脂をにじませ焼かれている雪華竜の肉を眺めている。

「……ご存じだったんですか」

「伊吹が就職する時に、『MKL』の幹部の人が来てくれたから、多少はね」

嘘でしょという気分だった。

なんでも伊吹が最初に異世界に召喚されたのが、彼が高校二年生の時の半年間。その間どこにいたのか、親も学校も警察もさんざん聞いたらしいが、伊吹は『リゾートで住み込みのバイトをしていた』としか語らなかったという。

「だいぶ面変わりしていたし、何があったか心配したんだが、まあとにかく口が堅いんだよ。こっちとしてはもう、変に深追いしないで見守るしかないって話になってね」

「そんなことが……」

「生きててくれただけで御の字だ、親としてはな」

通っていた高校は、一年留年しつつも無事卒業した。その後は大学で一人暮らしをしながら四年目を迎えた頃、伊吹がふらりと実家に戻ってきて言ったそうだ。

「『親父（おやじ）、母さん、俺就職決めたから。もう心配しなくていいよ』って。犬の上司や先輩の聖女を一緒に連れてきてな」

「顎外れるっていうか、顎飛びますよね……」

「あの時は驚くより前に、何年もおかしいと思ってたことのつじつまがやっと合ったことが先に来てなあ」

太郎は髭（ひげ）の目立たない顎をさすって、遠い目をしている。その気持ちは最近味わったばかりなので、少しわかる気がした。

「私は……本当につい最近知ったんです」

「そうかい。そりゃびっくりしたろう」

「しかも向こうから教えてくれたんじゃなくて、言い逃れできない状況から問い詰めるような形になっちゃって」

「しょうがない。あいつは人と違うことについてかなり気にしてるんだよ。拒否されるのが嫌なんだ」

「どうしてですか？　水くさいですよ」

「誰でもひばりちゃんみたいに思うわけじゃないんだ。私らだって、あの世界については伊吹を受け入れるために、なんとか折り合いをつけているようなものだよ。やせ我慢だ」

太郎から聞く若い頃の伊吹像は、とにかく口をつぐんで、周囲に壁を作っていたようだ。大きな秘密を抱えて孤独を深め、こちらの世界に信じられるものはないと諦めていたようだな。

前々から打ち明けることに対して嫌なイメージを持っていそうだなと思っていたが、本当に色々あったのかもしれない。

(でも、伊吹も変わったよね)

他でもない、自分と関わりを持とうとしてくれたのがその証拠——と思うのは傲慢だろうか。

立場を偽ってでも職場の同僚を連れてきたり、三輪伊吹はなんとか無理をしないで暮らせる環境が欲しくて模索しているように見える。

人と関わりたい。普通が欲しい。

いつまでも孤独な心のままではいられないのだ。

「社長ー、こんな感じでいかがっすかー」

沈黙を打ち破り、バーナーで作業をしていた青年が、溶接マスクを取って声をはり上げた。

台の上の肉は、お見事完全に溶けて、皮の表面に焦げ目もついていた。

「すごい、ありがとうございます！　ばっちりです！」

「なんか炙ってるとすげーイイ匂いしてきて、腹減ってきたんですが」

「ヒロ。おまえは後で焼き肉奢ってやるよ」

「ガチすか社長。やりっ」

いかにも肉好きそうな青年は、快哉をあげた。

焼けた雪華竜の肉をあらためてアルミホイルに包み直し、保冷バッグに詰める。

「次は伊吹と来なさい。歓迎するから」

「はい。ありがとうございます」

お父さんという概念について、時々思うことがある。

ひばりを七歳から育ててくれたのは祖父母であり、それ以前の両親の記憶は、若いときの写真のままで止まってしまっている。だから太郎ぐらいの年の人との交流がすっぽり抜け落ちていたのだが、今のところいい印象しかないのも幸運だと思うのだ。

（本当のお父さんも、生きてたらこんな感じだったのかな）

どうだろう。短気な新八の血を引くなら、違うタイプかもしれない。

あらためてひばりは言った。

「今日はお世話になりました、お義父さん」

「お安い御用さ、三〇〇〇度で炙るぐらい」

太郎は茶目っ気たっぷりに片目をつぶってみせた。

＊＊＊

家につく頃には、雨も完全にあがっていた。

（さて、と。今度こそ作るぞ！）

ひばりは台所に立ち、さっそく料理を再開することにした。

太郎のところで解凍し焼き目をつけてもらった雪華竜の肉は、家の包丁でもさっくり切ることができた。

「余熱でしっとり火も通ってる。ラッキー」

さすがはビルの鉄鋼も溶かすガスバーナーだ。工業用は伊達ではない。

食べやすいよう薄くスライスし、リーフレタスやフルーツトマトで飾った皿に、花びらのように美しくセッティングする。

「ソースは……このホイルに残ってる肉汁を使うかな」

フライパンにバルサミコ酢、肉から出た脂、そしてブルーベリージャムを入れて、ふつふつとするまで沸騰させる。

軽くとろみがついたところで塩を入れて味を調え、肉の上にさっとかければ見栄えも上々だ。

「あとは薬味のわさびも添えれば――『雪華竜のロースト』のできあがり！」

ぱんぱかぱーんと、脳内で幻のファンファーレが響き渡った。

どうせなら眺めのいい場所で食べようと、台所のダイニングテーブルではなく、お座敷の座卓へ持っていく。

「待っていましたスペイン産の赤ワイン！」

ターン！　ワイングラスとワインオープナーも置く。

「銀座で買ったバゲット！」

スライスして、これも同じ座卓へ。くるくる回りながらメインの横にリリース。

障子と縁側のガラス戸を大胆に開け放つと、庭から夏の風が入ってきて心地よかった。

庭付きの日本家屋はこれがいいのだ。

座布団に座って、庭を眺めながら注いだグラスの一口目を飲む。

「…………お、い、しー……っ」

果実味が強く、フルーティーな香りが口の中に広がる。それでいて酸味もパンチもあって、赤ワインとしての満足感もばっちりだ。

五臓六腑に染み渡るとは、このことだろう。

日々の疲れも、雪華竜を焼くまでの苦労も、全て報われるような気がした。

続いては本命、雪華竜のお味である。このワインには絶対に肉が合うはずだ。バルサミコソースが軽くかかった一切れに、箸でわさびをほんの少し添え、いざ口に運ばんとし——。

ぴんぽーん。

インターホンが、絶妙なタイミングで鳴った。

（なんなのよ、もう）

ひばりは憤慨しながら箸を置き、玄関へ向かった。

「やあひばり。ただいま！」


戸口に立っていたのは、ひばりの夫だった。

「……あれ？　週明けに帰ってくるって……」

「予定ではそうだったんだけどさ、がんばって巻きで終わらせてきたんだ」

まるで投げた棒を走って取ってきた、柴犬(しばいぬ)のようだった。

見えない尻尾がぶんぶん振られ、褒めてくれと言わんばかりの笑顔に、なぜ戻ってきたなどと言えるはずがない。

「そうなんだ、お疲れ様……」

「早くひばりの顔が見たくてさ」

いそいそと上がり込もうとするので、思わず行く手に立ち塞がってしまう。

伊吹が右に避けようとすれば、ひばりもそちらへ移動。

「ひばり？」

「ふふふふ」

笑ってごまかしても、しょうがない。けっきょく涙をのんで、行く道を明け渡すしかないわけで。

そうして彼は、自宅の居間で開かれていた、妻の一人宴会の有様(ありさま)を目撃することになるのだ。

不思議そうにこちらを振り返った。

「……何かあったの？」

「………ア、ウン。アノネ、オニクイッパイヤイタカラタベマセンカ？」

棒読みで言うしかなかった。

独り占めなんてするつもりはありませんよ。

ええめっそうもない。

——気を取り直し。

「乾杯」

「乾杯ー」

グラスの数を二つに増やし、祝杯を挙げた。

「エンリからお中元なんて来てたんだ」

「そうそう。ほんと、どこから聞いたんだろうね」

「王城の儀典局か、大図書館かなあ」

伊吹としては、目の前にあるご馳走に夢中で、そのご馳走がなぜこのタイミングで用意されていたかまではあまり考えていないようだ。どうかそのまま、真実には気づかずにいてほしいと思った。

「しかも雪華竜なんて、どうやって解凍したの。アロイスも俺と一緒にいたよね」

「別に、魔法なんて使わなくても、お義父さんとこ行って焼いてもらった」

「ぶ」

伊吹が飲みかけのワインを噴いた。

「お、親父？」

「そう。溶接用のガスバーナーで、がーっと」

科学の力は強かった。おかげでこうして一品できた。

ご両親からしか聞けない話もちょうだいできて、ものすごくお得な遠征だった。

「……なんていうか、ひばりは時々すごいこと思いつくよな……」

「普通だと思うけど」

「いやでもそうか、焼けるんだ雪華竜。バーナーとボンベあれば……」
「それより早く食べようよ伊吹。せっかく作ったんだからさ」

ひばりは旦那をせっつき、目の前の皿に箸をのばした。

延び延びになってしまった雪華竜のローストだが、ようやく一きれ口に入れる。

(む)

肉質はエンリギーニが言っていた通り、かなり弾力があって噛み応えがある。上等な豚の歯ごたえに、鶏の旨みを足したような味わいと言ったところか。

香ばしく焼き上げた皮はぷりぷりと甘く、寒さに耐えるためか肉自体の脂肪分もやや多めな印象だ。鉄分も豊富なのか、焼いた状態でも赤みが強い。

ソースはブルーベリーとバルサミコソースにしたが、この甘酸っぱさはお肉のこってり感を旨みに変える選択肢として大有りの有りだろう。何よりちょっとだけ付けたわさびの、さわやかな辛さが最高に合う。これはいい!

(そこにすかさずワインを!)

はやる気を抑えて一口飲んで、しみじみ思った。三輪ひばり、あなたの選択は間違っていなかった。雪華竜のもつわずかな獣臭すら完璧に打ち消し、華やかな旨みの世界へと引き上げてくれている。

「うま。めちゃくちゃおいしい……っ」

「俺も食べるのは初めてなんだけど、こんな味だと思わなかった……」

「確かに豚とも鶏とも違うけど、すごいリッチな食感。しっとりジューシーでおいしー」

異世界ランズエンドでも、絶品グルメ扱いされているわけである。

「これは塩のみも合うはずよ。ちょっと待って、お塩取ってくる」

「バゲットでオープンサンドにしてもいけるよ」

そりゃあおいしいでしょうよ。

ワインのお共にするつもりが、二人して真剣に雪華竜を食べ続け、ソースの余ったところもバゲットでぬぐってみんな食べてしまった。

「……はあ、幸せ」

箸を置き、ひばりはうっとりと息をついた。

実に幸せな食体験であった。

「エンリちゃんにお礼言わないとなあ。すごくレアなお肉なんだよね、これ――」

そう言って伊吹の方を見たら、彼はワイングラスに口をつけながら、すでに空になった皿をじっと見つめていた。

そんなに穴が空くほど見たところで、食べた肉は二人の胃袋に入って戻ってこないだろうに。

「どうしたの、伊吹。足りなかった？　ロースハムでいいなら冷蔵庫にあるけど」

「……魔王軍がさ」

伊吹がぽつりと呟いた。

「ん？」

「俺が昔戦った魔王軍ってさ、将校クラスは魔族だけど、それ以外はぜんぜん魔族じゃないんだよね」

「そうなの？」

「うん。だいたいオークとかオーガとか、魔族領に住んでる友好種族の人たちなんだ。大戦が終わって軍が解体されたら、その人たちも故郷に戻ったり新天地で仕事を探すことになるんだけど、なかなかうまくいかないんだよ。地元は戦争で疲弊してるし、その地を治めてる『青の血族』も、彼ら全員を養うような余裕はもうない。だからヒトと対立してトラブルになったり、残党として活動する道を選んだりする。難しいんだ……」

「それ、もしかして、今回の出張と関係ある？」

「ちょっとね」

伊吹はこちらを見ないで認めた。

「この雪華竜の生息地にも、オーガの村がいくつかあるんだ。雪華竜は名産品ではあるけど、買い上げてくれるのは魔族でも一部の好事家だけだ。ネックはとにかく調理の難しさで、でも特別な魔法がなくてもなんとかなるのはひばりが証明してくれた」

「私？」

「だったら『ＭＫＬ』でバーナーとかの器具をレンタルして、彼ら自身で肉を加工して、メリアカンで売ってもらうとかどうかな」

「あ。それ――いいと思う！」

名案だと思い、前のめりにうなずいた。

「おいしいのは保証できるし。一部の人たちだけで独占するのはもったいないよ。いっそ専門のレストラン作っちゃったりとか？」

「アースサイドのものを持ち込むのは慎重にしなきゃいけないし、現地の商取引を一番に考える必要はあるけど、支援の一環としてはありかなと思って」

「伊吹のお仕事って、ほんとになんでもやるんだね。すごいな」

尊敬の意味をこめて言ったら、彼は多少アルコールが回って上気した顔で苦笑した。

「なんでもやらなきゃって思うよ。それが本当の平和に繋がるなら。もうあんな現場はごめんだ……」

後半は、自分自身に言い聞かせていたように思う。

伊吹があちらの世界で何をして、何を見てきたか、本当の意味ではひばりには知りようがない。

だから孤独を解消する手段として選ばれた人間としては、彼が今話してくれる言葉に、耳を傾けようと思うのだ。

何もなくても、こうして一つ屋根の下でおいしいものを食べていられる時間を、彼が少しでも心地よく思っていてくれることを願う。心から。

(私はあなたの味方だよ、伊吹)

4話

泣いた赤鬼のはなしかもしれません

ごきげんよう、紳士淑女のみなさん。次元の狭間(はざま)に漂う『大迷宮(カテドラル)』大裁判所へようこそ。案内人は僕、アロイス・ナンバーエイトがお送りします。ちなみに偽名です。本名が知りたい方は個別にＤＭください、お待ちしております。

さて、当裁判所の役割についてご説明しましょうか。こちらは主にランズエンドで複数の国にまたがる犯罪や、国家間の紛争について審議をする場所です。

たとえば先の大戦終了時は、勇者によって倒された魔王バラベスが、珠(たま)に封印された状態のまま大法廷の被告人席に置かれたことは、記憶に新しいと思います。

この時は種族を超えた十五人の判事によって、バラベスはあらゆる五感と魔力を遮断され、永久にその刑を続行する極限封印刑の裁きが下されました。

法廷はどの国にも属さない『大迷宮』内に置かれ、安全のため全ての魔法が無効化される仕組みが取られています。

どれ、ちょっと試しにこの傍聴席で、オイルライターなんかをつけてみましょうか。

──はい、もちろんつきませんね。着火用の火打ち石に含まれた、ごく微弱な魔力が無効化されているからです。なんとその程度でも駄目なわけです。厳密な規定で驚きですね。──え？　そもそも法廷内は、禁煙で火気厳禁だろうって？　ええごもっともです。武器の持ち込みも、アースサイドの機器を使った録音や写真撮影なども禁止されています。

現在は魔王軍幹部の審議も全て終了し、『大迷宮』大裁判所で取り扱われる案件は、魔王軍残党によるテロ犯罪が主となってきました。

本日ここ第六号法廷では、先だってメリアカン最大の商都ユヨクで起きた爆弾テロ事件の主犯、ダダ・ドバエクの初公判が行われる予定です。

それでは現場より、あなたの心の杖となりたいアロイス・ナンバーエイトがお送りしました。シーユーアゲイン。

「──ってことをつらつらと考えるかな、暇な時は」

「暇潰しにしても限度があるだろ、その妄想の量は」

時間を潰す方法なんて沢山あるよという世間話をしようと思っただけなのだが、救国の勇者にばっさり斬られるエルフというのは、あまり多くないだろう。たぶんヒトでも少ない。アロイスはその、数少ない一人であることは確かだった。

（ま、僕は君の相棒だからね。甘えられもするさ）

アロイスたちがいるのは定刻の開廷を待つ、法廷の傍聴席だ。これから審理される事件の大きさにしてみれば、周りは空席が目立つ方かもしれない。しかし先ほど妄想で述べた通り、ランズエンドの大裁判所は空間的に断絶した『大迷宮』内にあって、外部の人間は気軽に立ち入りできないのだ。例外は伊吹やアロイスのような、『大迷宮』内に職場がある者ぐらいである。

「なんにしろ、隙間時間にぶらっと見に来られるのはいいよね。君もそう思うだろう？」

「俺は初めから立ち会うつもりで、ここにいるけど」

伊吹はそっけなく答える。たぶんそうなのだろうなとは思う。

たとえばアロイスはいつでもランズエンド側に出動できるよう、現地の魔法使いが使う防魔のローブを着ているが、伊吹はスーツにネクタイを締めたままだ。これがアースサイド人にとっての正装に近い格好で、勇者としてのけじめなのだろう。

どうしてもこの目で見たいのだ。自分で捕らえた犯人が、おとなしく罪を認め、裁きを受けるところを。

大戦が終わった後の、魔王裁判の時からそうだった。伊吹はいつも傍聴席の一番後ろから視線を送り、珠に封じられた相手に無言のプレッシャーをかけていた。被害に遭った大勢の人たちの想いも背負って、ただただじっと見る。そうすることまでが、勇者の自分に課せられた義務なのだと信じているようだった。

アロイスがこの青年とつきあうようになってからの、十年という歳月。エルフにとってはつい昨日のことのようだが、ヒトと似たりよったりの寿命のアースサイド人にとっては、短いものではなかっただろう。口を開けば帰りたいと泣き言しか出てこなかった初期の頃から、戦うことを覚え魔王を倒し、復興にかけるエージェントになった今にいたるまで、伊吹の根底に流れているのは弱者への共感だと思っている。

力なき市井の人々に寄り添い、悪を憎み、心の底から正義を欲してきた。未曾有の危機にもたらされる剣という予言の書の通り、彼は芯まで正義の勇者なのだ。

やがて開廷の時刻がやってきて、所定の位置に判事や書記官、弁護人や検察官がそれぞれついた。

引き続いて奥の扉が開き、手錠と腰縄で拘束された被告人が、二人の刑務官に付き添われ法廷内に入ってくる。

アロイスの隣に座る伊吹から、透明な炎が燃え上がったような気がした。

「名前はなんと言いますか」

「ダダ・ドバエク」

　判事の質問に、被告人のオーガが低く温度のない声で答える。

「生年月日はいつですか」

「神歴二二五年、赤の月の五日」

「生まれはどこですか」

「魔族領オーガ自治区ヒルエル村」

「住所はどこですか」

「定まった場所はありません」

「職業は」

「戦士です」

　時限のダダ。

　魔王軍の残党として活動を続けてきた、オーガのテロリストだ。

　関わったとされる事件は国をまたいで片手に余り、軍の曹長時代に覚えたという、魔障石を使った爆破技術が彼を非情な爆弾魔に変えた。

　今回ユヨク市内に潜伏中という報を受けて、現地の騎士団とともに捕縛に向かったのだ。

　しかし、そんなこちらの動向を察知しあざ笑うかのように、ダダはユヨク市内三箇所を、軍の幹部釈放を唱えて次々に爆破してのけた。うち一件は、市民がごったがえす休日の市場だった。

『――この子たちが、いったい何をしたって言うんだ』

子供の靴が片方落ちた瓦礫の前で、伊吹が呟いたのを覚えている。

被害者の内訳はヒト、エルフ、ドワーフ、獣人にオーガにオークと分け隔て無く、商都ユヨクがあらゆる種族のるつぼであることを象徴しているかのようだった。

もちろん『MKL』の名誉にかけ、即座に捜索が行われた。最終的には横にいる伊吹が、ダダを捕らえ裁判の場に突き出したわけだ。

(さあて。ダダ・ドバエク。君はおとなしく罪を認めるか?)

ようやく始まった初公判。伊吹と同じように問うてみる。

法廷内では人狼の検察官が、朗々と起訴状を読み上げている。今までの判例に従うなら、国家の安全を脅かすテロリストは最低でも無期懲役になるはずだ。アロイスの感覚でも、そこそこ長い期間刑に服すことになるだろう。

「――では被告人、今検察官が読んだ起訴事実に間違いはありますか?」

アースサイドの形式だけ借りて付けるようになった国選弁護人も、今さら犯行自体を否認する方向で争うことはないはずだ。

証言台に立ち、ずっと押し黙っていたダダ・ドバエクの虚ろな目に、意志の光が灯った気がした。

「……なに？」

違和感を覚えた次の瞬間、ダダが吠えた。

獣のように雄叫びをあげ、両腕に力をこめて鋼鉄の手錠を引きちぎった。

腰縄を持っていた刑務官ごと引き倒し、残りを拳で殴り倒した。飛んできた警備兵が突き出した槍の柄を、たった一噛みで噛み砕いた。

（どういう力だよ。デタラメだ）

法廷内は、悲鳴と絶叫の渦に落とされた。ここは何重にもかけられた結界内で、魔力が全て無効化されている。純粋な腕力だけで鋼の手錠を引き裂くなど想定外だし、『青の血族』クラスの魔族でもできないことのはずだった。

ダダは床に固定された証言台をむりやり持ち上げ、裁判長席へ投げつけた。床に落ちた槍の柄と先端部分を素早く拾い上げ、両手でやみくもに振り回しながら周囲を威嚇する。

「君、暴れるのはやめ――」

「黙れ！」

ダダのふるった槍の切っ先が、高齢の裁判長へ飛んだ。ガウンの老人が息をのむ。喉元に突き刺さるその軌道ぎりぎりに、横合いから人が割りこんだ。

傍聴席を乗り越えて飛んで来た、三輪伊吹だった。

武器の携帯が許されず、彼は落ちていた椅子で槍を受けていた。

「勇者イブキ――」

「おとなしく裁判を受けると思って、とどめは刺さなかったんだ。自分で命を捨てたか、ダダ・ドバエク！」

切っ先が深々と突き刺さって貫通しかけた椅子を、伊吹が床に放った。あらためてダダを睨み据える。

あの時見えた透明な炎が、陽炎のように彼の周りを取り巻き膨れ上がった。

勇者の胆力と眼力に射貫かれたダダは、つばを飲みながら一歩後退し、折れた槍の柄を放り捨てて駆け出した。

「待て！」

伊吹が追いかけようとした瞬間、背後にかばっていた裁判長が、胸をおさえてうずくまった。

「大丈夫ですか！」

「私に、かまうな――」

発作をおこし苦悶の表情の老人を放っておけず、つかのま逡巡して叫ぶ。

「アロイス！」

言われなくとも動いていた。

法廷を飛び出したダダの後を、傍聴席の最後列にいたアロイスが追いかける。

（あそこじゃ魔法が使えないから、出てくれた方がむしろ嬉しいね）

囚人服の巨体が、道行く人を人と思わず、乱暴に蹴散らしながら走っていく。

アロイスは自分の杖を喚び出すと、その背中に魔力の狙いを定めて攻撃した。

杖を中心に光球が複数発生し、高速で回転しながらダダに襲いかかる。着弾の衝撃で迷宮の壁が崩れ落ち、逃げ場のない爆風は攻撃したアロイスの側にまで及んだ。

「……ちょっとやりすぎたか」

ダダは砂煙舞う中で、地面に倒れていた。

確実に足止めはできたが、室内で繰り出す魔法ではなかったかもしれない。後で上に怒られるだろうなと思った。可愛らしく謝るしかない。

しかしダダ・ドバエクは、倒れ伏したままわずかに身じろぎしたかと思うと、その場で上半身を起こしはじめた。

（嘘だろ）

オーガという種の、生物としてのタフさは刮目に値する。

彼はそのまま、目の前に空いた壁の穴に這い進んでいった。

「——あ、おい！」

止める間もなかった。そのまま巨体が転がり落ちていく。

アロイスは慌てて壁に取りつき、ダダが消えた先をのぞき込んだ。底と果てのない、黒と紫色に揺らめく次元の狭間だ。じっと見ていると深淵に引きずり込まれそうになる。

やはりダダ・ドバエクの姿は、どこにもなかった。

「おーまいが……」

「アロイス！」

嫌になってくる。勇者が追いかけてきた。

こちらとしては、今目の前で起きたことを、正直に説明するしかなかった。

「いやあ……なんかここから落ちていっちゃったんですけど。どうしましょう」

「はあ!?」

頭が痛いことに、けっこうな大事になってしまった。

一帯は非常線が張られ、特に崩壊した壁がある区画は通路ごと封鎖。大裁判所とアロイスたち『ＭＫＬ』の上司も複数出ばり、対応が検討されることになった。

立ち入り禁止のテープの手前で、アロイスと伊吹は結果を待つしかない。なんとなく罰として往来に立たされる子供にも似ている。

「『大迷宮』の外って、生身で出るとどうなるんだ……？」

「さあ。放っておくと蟻が湧いてくる場所って認識だからね、今も昔も……」

「いい加減だな」

「しかし参りましたね……時限のダダと言えば、それこそでかい箱を爆破するしか能が無いイメージだったのに、どっこい荒事もいけるじゃないですか。やっぱりオーガは生き物としての強度が違いますね。魔力とかいらないって、別に強がりで言ってるわけじゃなかったんですね」

「少しその口閉じてろよ」

「無理ですね。これでも責任感じてるんですよ」

「そうだな。アロイスが純粋に一人でヘタを打ったんだものな」

「あのさイブキ。そこは『いいや君のせいじゃない。僕らの責任だ』で友情を高め合う場面じゃや？」

「馬鹿じゃないのか」

本当にうちの勇者は、ツンが激しいと思う。気を許した身内への甘えとわかっていなければ、耐えられないのではないだろうか。

もちろん今は、捕らえたはずの憎いテロリストを裁判の最中に見失った形なのだから、ふだんより苛立(いらだ)っているのかもしれないが。

そう言う意味で、最近結婚したアースサイド人の令嬢への傾倒ぶりは、目を見張るものがあった。物珍しさのあまり、『MKL』の職員総出で代わる代わる見物に行ってしまったのは、さすがにやり過ぎだったかもしれない。

「イブキもさ、結婚したのなら奥さんにはもう少し素を見せた方がいいんじゃないの。無理して猫かぶってると、後々辛(つら)いよ？」

「なんだいきなり。別に無理はしてないし、あれも俺の素だよ」

「じゃあなんだい、これは身内にしか見せない甘えなんだと思って、日々君の毒舌に耐える僕の立場は？」

「人をDV野郎みたいに言うのやめてくれないかな」

「こんなに尽くしてるのにっ」

「アロイス！　イブキ！　こっちに来い！」

ヒース・アルバントが、崩壊した壁の前で手招きをした。部長のイルマや『かてどらる組』のギリムもいて、やっと上の対応が決まったようだ。

「ほら、馬鹿やってないで行くぞ」

「やだなあ説教」

ぼやきながら、封鎖のテープを越えて中に入る。

今日の部長は耳や鼻に狼(おおかみ)の形状を残しながらも、体つきは人間に近い月齢だった。胸板の厚い白銀の毛並みを、立て襟のフロックコートに包んでいる。

あらためて伊吹が、その部長に訊(たず)ねた。

「──どんな感じですか」

「今のところギリム氏の見立てでは、ほぼ八割方は次元の狭間を漂ううちに消滅するとのことです」

やっぱりそうなりますか。

アロイスとしては、半ば予想していた答えの、答え合わせを聞かされた気分だった。

あの空間は、とても生身の体が耐えられるものではない。空間構築の専門家であるギリムの目をもってしても、判断は同じだったわけだ。

むろん適正な裁判を求めていた側にとって、決してめでたい話ではないだろうが、理解することはできる。

「じゃあこのまま終了ってことですか」

「致し方ないでしょう。被告人死亡では、審議もできませんし」

「なんだか気が抜けますな。時限のダダの最期がこれなんて」

「抜けてる場合か、アロイス。貴様とイブキは始末書を書くんだぞ」

「嫌ー」

しかし、唯一伊吹の反応だけは違った。

「……残りの二割は？」

一人腑に落ちない顔つきで、首を捻っている。

「仮に八割は消滅だとしても、二割は消滅しないんですよね。その場合はどうなるんですか？」

これにはギリムの方が反応した。

「それはどういう意味だ、のっぽのヒューマン。私の見立てが信用できないのか」

「違います。念のため知っておきたいだけです」

「よっぽど運がよくて体が耐えるなら、どこぞの放出ポイントにたどりつきはするだろうな」

「なら、場所の特定をするべきじゃないでしょうか。万が一近くに誰かがいたら大変です。安全の確認をしないと」

伊吹は気難しいが、なんにしろ真面目な男だった。万に一つの可能性でも懸念点があるなら、潰して納得しないと進まないのだ。

そんな伊吹の頑固きわまりない質問に、ギリムは顔をしかめて考えこみ、あらためて壁にできた次元の穴をのぞき込んだ。

「どうですか？」

人差し指をなめ、風の流れを読むように空間の流れを読む。

「……繰り返すが、八割は断層の狭間に落ちて消滅だ。まず生身の体が耐えきれん」

「わかります。でもダダ・ドバエクは特に頑強な男だ。運だっていい。仮にたどりつくとするなら、どこになる可能性が高いでしょう」

「今の潮目で、強いて言うなら……だな」

ギリムの回答を聞いた伊吹は息を呑み、そしてかすれた声で呟いた。

「え……家、ですか？」

＊＊＊

まるで断崖絶壁から、滝壺（たきつぼ）に飛び込んだようなものだった。

圧倒的な水量の濁流に呑まれ、絶えず体の上下左右が入れ替わり、息もできない。紙くずのように翻弄され続ける。

（殺される）

全身が砕けるがごとき痛みに気が遠くなるが、そこで意識を手放したら一瞬で命が終わるのはわかっていた。

死ぬのは嫌だ。

まだ終わるわけにはいかない。

ダダには使命と呼べるものがあった。そのためにあらゆるものを壊し爆破してきた。魔王復活の悲願も果たせず、同志は敵に捕らわれ、故郷に帰ることも叶（かな）わず終わるなんて認めない。

（生きろ）

絶対に生きろ――。

閉じた目の奥に、一点の光が浮かんだ。そうだあれだ。意味を感じ取るよりも前に、ただ必死にそちらへ手をのばした。

さらなる衝撃。必死に耐える。そして次の瞬間、ダダ・ドバエクの目の前に広がったのは、奇妙な高層建築の谷間に建つ木造二階建ての家と、こじんまりとした池と植栽の庭である。

「…………は？」

肩で荒い息をしながら、まばたきを繰り返す。

やはり幻ではない。ダダは庭の一角にある、古井戸の上にいた。井戸の中が淡く発光しており、ダダはその光に押し出されている形だった。

恐る恐る、井戸から地面に降りる。力に任せて引きちぎった手錠の鎖が、じゃらりと鳴った。

（どこだ、ここは……）

後ろから魔法で攻撃された時、とっさに目の前にできた壁の穴に飛び込んだことは覚えている。地下の穴掘りが得意なドワーフたちが、総力をあげて作った『大迷宮』だ。

あそこは迷宮自体が空間を歪（ゆが）める装置であり、中心部にある『額縁』は異世界を含めたあらゆる場所に繋（つな）がっているという話は聞いたことがあった。

うまくすればあの場を逃れて、別の場所に出ることができるかと思ったのだが——。

（違うな）

ダダは己に見栄を張るのはやめた。そんなことを考えている余裕などなかった。ただ逃げられればなんでもよかったのだ。

あらためて辺りを見回す。本当に遠い所に出てしまったようで、現在地がまったくわからなかった。

手がかりとしてはユヨクで捕まった時より、ひどく気温が高く蒸し暑い。北国生まれのダダには、不快すぎる温度と湿度だ。じっとしていても内側に熱がこもって、関節の間から汗が噴き出そうである。

（とにかく、いつまでもここにいるのはまずい。追っ手が来るかもしれない）

ダダはまだ残っていた腰縄をほどくと、垂れてくる汗をぬぐいながら、建物の裏手へ回った。

（——まずい！）

人間がいた。

疲弊していたとはいえ、ダダは自分のうかつさを呪った。

いたのは、女だ。建物の勝手口にあたる場所に物干し台があり、そこで現地人らしい女が洗濯物を干していた。シーツを竿にかけて皺を伸ばす格好のまま、囚人服を着たダダを見て驚きに目を丸くしている。

頭の中で素早く計算する。ここで騒がれると厄介だった。

どうする。殺すか——迷える時間は短く、ダダは口封じをする方向で拳を強く固めた。

「ガガボさん……？」

しかし女は、ダダを穴が空くほど凝視しながら、まったく別の名前を言った。

「ガガボ・ゴルドバさん……ですよね。合ってますよね、すみません。なんか前よりワイルドな格好されてるから、一瞬自信なくなっちゃって。どうもお久しぶりです」

ダダは困惑した。いったいこの女は、誰と誰を混同しているのだ。

こちらが知っているガガボ・ゴルドバと言えば、魔王軍の士官でも人類種族との和解に応じた裏切り者だ。戦後の今は魔族の穏健派がメリアカンに差し出した紅姫、エンリギーニの守り役をしているはずである。

しかし何よりあれと自分の顔は、まったくと言っていいほど似ていない。仮に似ていると言い張るなら、オーガならみな一緒ぐらいの乱暴さがある。

「言い訳ですけどランズエンドの方って、こっち以上に種族の幅が広いから、人類種族以外の方はなかなか覚えられないんですよね……伊吹に色々教えてもらってるんですけど難しくて」

そういうものなのか。それにしたって限度がないかと、この状況ですら一瞬思ってしまった。

言われてみればなるほど、全体に丸い顔に、馬の尾を付けたような髪型も相まって、どことなく間が抜けた相をしている。

「今日はどうされたんですか。エンリちゃんがうちに来るとか？　ごめんなさい、なんにも聞いてなくて。伊吹も今会社なんですよ」

しかし読めてきた。この目が節穴な現地人の女のおかげで、なんとなく事態がのみ込めた気がした。

恐らくここは、ランズエンドではなく界を異にした別世界だ。次元を歪める『大迷宮』の壁から出たせいで、異界の井戸に流れ着いてしまったに違いない。

そしてこの女はガガボ・ゴルドバや、紅姫エンリギーニと面識がある。

さらに『イブキ』というキーワードを、親しげに呼ぶ関係。

これらの事情を総合して考えると、『イブキ』は人類種族が召喚した、にっくきあの勇者のことだ。女は勇者の配偶者か、それに近い身分だろう。この貧相な家は、異界における勇者のセーフティハウスと考えればつじつまが合う。

——これは、使える。

ダダは内心、興奮に震えた。殺すしかないと思った目の前の女を言い含めて、うまく使えば最強の交渉カードになるだろう。

「申し訳ない、行き違いがあったようだ」

こちらも何事もなかったように、全力で女の話に乗ることにした。

「紅姫殿下の行幸について、勇者……イブキ殿と打ち合わせをする予定だったのです」

「そうだったんですか。それは伊吹もひどいですね」

「そのうち彼も来るでしょう。待たせてもらっても構わないだろうか」

「ええ、もちろん！　どうぞ中でお待ちください」

女はダダを、表玄関へ回るよう促した。

そう。まだ終わりではないのだ。一方的だった魔王バラベスの封印と軍の解体を撤回させ、人類種族がダダたちから奪ったありとあらゆるものを取り返す。そのための闘いは、今この瞬間からこそが本番なのだ。

女の後について歩いていると、ふと視線を感じて背後を振り仰いだ。

死角に入りがちな上空から、小バエのような魔物が一匹、飛びながらこちらの様子を窺（うかが）っていた。

（ガーゴイルだな）

覗(のぞ)き見(み)と魔除(まよ)けの使い魔だ。恐らく『ＭＫＬ』のエージェントが、偵察によこしたのだろう。

せいぜいこの状況をよく見て、先方に伝えるといいと思った。こちらはいつでも女を殺せる距離にいて、さらに外部の目が届かない建物の中に入ろうとしていると。

玄関の引き戸を閉める時、ダダはあえて上空の魔物の目を見てやった。臆病な使い魔は哀れなほど慌てふためき、一度隣の建物の植栽に落ちかけてから、よろよろと飛んでいった。

無様にもほどがあった。

＊＊＊

中央区(ちゅうおうく)東銀座(ひがしぎんざ)は、歌舞伎座を始めとした商業の繁華街と、ビジネス街が混在するエリアである。そして『ＭＫＬ』がある赤月(あかつき)ビルは、財団の関連団体がまとめて入居しており、テナント貸しなどは特にしていない。三階には、『ＭＫＬ』の内勤用オフィスが入っている。

ここは地下の『大迷宮』から直接エレベーターで上がってくることができ、『ＭＫＬ』で所有する不動産の管理や給与計算などをする一般事務職員が主に詰めているが、報告書を提出するなどエージェントが顔を出すことも多い。

一見すればごく普通の、よくよく見れば日本人以外も多く働いている、多国籍な外資系企業の雰囲気だ。それは外部から見えやすいエリアは、できるだけアースサイド人に近い外見の者が使用することや、手前の更衣室でランズエンドで活動する服装に着替えることなどが徹底されているからでもある。

ただ今アロイスは、その内部規定を破って埃っぽいローブ姿のまま、ビルの窓際に立っている。

（まだか。何かあったのか？）

この手の建物ははめ殺しが多いが、なんとか辿りだし窓をわずかに開けて、外の騒音と排気ガスを浴びながら一報がやってくるのを待っているところだ。

遥か月島駅の方角を、今か今かと睨んで待ち続けていたら、ようやくガーゴイルが戻ってきた。

『ごすじん！』

「ぷわ」

アロイスの使い魔は、蝙蝠(こうもり)のようにふらふらとオフィスの中に入ってくるやいなや、こちらの顔に張り付いた。

『コワカッタ！　ガーゴイル、大変コワカッタ！』

「わかったから離れなさい」

主人を窒息させる気か。むりやりガーゴイルを引き剝がした。

「それで、どうだった？」

『ガーゴイル見タ！　ダダ・ドバエク、イタ！　ヒバリと一緒！　オ家(うち)、一緒に入ッタ！』

アロイスと一緒にガーゴイルの帰還を待っていた関係者一同が、ため息ともうめき声ともつかない声をあげた。

その中でも無音で出口へ動いたのが、ひばりの配偶者である三輪伊吹だった。

愛刀の『二藍(ふたあい)』を片手にオフィスを飛び出そうとしたが、ヒース・アルバントが文字通り体を張って行く手を阻んだ。激しい振動とともにヒースが後方へ吹っ飛び、しかし出口は譲らない。

「そこをどけヒース！」

「無理だ。騎士として許可できない！」

　メリアカン王国の王から拝受した剣を抜き、真っ向から叫ぶ。伊吹の目に殺気が宿る。斬り合いをすることすら辞さない勢いだった。

「僕も同意見だ。いったん落ち着けイブキ！」

「できるか。ひばりが危ないんだぞ！」

「逆に考えるんだよ。あの場ですぐに殺さなかったってことは、ダダ・ドバエクは君の奥さんを人質にしようとでも考えたってことだ」

　殺すという言葉や、人質という言葉に、我ながらぞっとしたが、顔には出さず続けた。

「なら、しばらくは安全だ。敵は僕らと取引する気でいる。唯一の交渉カードを、自分からドブに捨てるような真似はしないだろう」

　正面から無策で飛び込んで、ダダをいたずらに刺激することこそ避けなければならなかった。

　同僚二人がかりの説得を受け、伊吹はようやく刀の柄から手を離した。

「……もしひばりに何かあったら、俺はあいつを許さない……」

「僕だってそうだよ。絶対に助け出そう」

　伊吹は本来鉄火な性質ではなく、一歩後ろから疑問を持ってパーティーをまとめるようなタイプなのだ。そんな理が勝つ男が、深呼吸をしなければ理性を取り戻せないような状況だった。

地下からついてきたイルマが、伊吹の肩に手を置いた。

「まずは相手とコンタクトを取る方法を考えましょう。向こうも要求があるなら応じるはずです」

「部長……」

「同時にヒバリさんを救出する、ありとあらゆる機会と手段を探ります。我々『ＭＫＬ』は、今この瞬間からヒバリさんを救出するための集団となります。決して相手の思い通りにはさせません。そうですね？」

最後の問いかけは、伊吹だけに向けられたものではあるまい。

アロイスのような同チームの相棒は当然として、別班のエージェントや手前にいた事務方まで賛同の意を示していた。

「よろしい。では取りかかりましょう。可及的すみやかに」

それがミッション開始の合図だった。

＊＊＊

ダダが通された部屋は、玄関を入ってすぐ右手にある、応接室のような場所だった。

「どうぞ、こちらでお待ちください」

「助かります」

勧められたソファに腰を下ろそうとしたら、女が「あら？」と呟いた。

一瞬何かばれたかと緊張したが、女はダダの手元を見て言った。

「……ガガボさん、ひょっとしてお怪我されてます？」

慌てて自分の手を確かめた。左手の平が裂けて、今も血がにじんでいる。

恐らく法廷内で暴れた時か、魔法で追撃された時のものだろう。しかし痛みすら感じていなかった。

「これは失礼。井戸を出る時に引っ掛けたようだ」

「大変。手当てしないと」

「かすり傷です」

「ばい菌入ると怖いですよ。ちょっと待っててください」

女は慌てた様子で部屋を出ていき、医薬品が入っているらしい箱を持って戻ってきた。

「申し訳ない。本当にかすり傷なんです」

「人間の薬って、オーガに使っても大丈夫なのかな……消毒薬ぐらいならいいかな。こっちの細菌を殺しちゃうだけだものね」

女は聞いているのかいないのか、薬箱を開けながらぶつぶつと呟いている。

実に呑気なものだと思った。これからあっけなく死ぬか、苦しみぬいて死ぬかもしれないのに。

ダダの左手に薬を吹きかけ、清潔なガーゼを当て包帯を巻いていく女の手は、白くほっそりとしていた。なぜか急に郷里の母親の顔を思い出した。面立ちどころか、種族まで違うのにどうかしていた。

実際のダダの母は、とうに鬼籍に入っている。使う薬も、山で採れる薬草がせいぜいだった。医者も薬師もいない貧しい村だったのだ。それでも必要のない世話を焼いて満足するところが、目の前の女と重なったのかもしれない。ダダがオーガの戦士として自立した後は、この程度の傷で手当てを受けることなど、それこそ恥とされてきたのである。

傷の手当てをする手元から視線を上げると、大きな窓が目に入った。

「……どうしました？」

「その、あちらのカーテンを閉めても？　恥ずかしながら私は暑さに弱く……」

「わ、ごめんなさい！」

この部屋の出入り口は、女が出ていったドアの一箇所のみだ。窓は南と西側にそれぞれある。西側は木々と外壁がすぐ側まで迫っており、気になるのはこの窓だった。庭に向かって大きく開けている。こちらの動きが筒抜けになりそうだ。

　午後の強い日差しを嫌うていで持ちかけると、女は目を丸くし、大げさなほど詫(わ)びてきた。包帯を切ったはさみをテーブルに置くのもそこそこに窓とカーテンを閉め、さらに飾り棚の引き出しから大量のボタンが付いた薄い板を取り出した。天井近くの装置に向けてボタンを押す。

　装置はごうごうと竜の威嚇声のような音を出しながら、吹き出し口から強烈な冷気を吐きだしはじめた。

「ガガボさん、寒い国出身って言ってましたものね。暑いの苦手で当然ですよね」

「これは……？」

「クーラーです。部屋の中を涼しくする機械です」

　簡素な家に見えて、意外と設備は整っているようだ。

「さすがは勇者の居宅ですな」

「旧式だし電気代すごそうだから、家に私だけの時はつけないようにしてたんですよ」

「またご謙遜を」

「伊吹には、変な節約しないでいいって言われるんですけどね」

冷房といえば氷の属性を持つ宝玉を部屋に置いたり、ひどいと専属の魔法使いを置いて部屋を冷やす強者もいるが、どれも金と権力がなければできない所業だ。

こちらの皮肉にも気づかず、こともなげに笑う女に、言い様のないいらだちを覚えた。

──やはり『MKL』は駄目だ。我々で打破しないと。

大勢の民がこの富のかけらも享受できていないことを、自覚していないこの傲慢さはなんだ。

「あー、でもやっぱり涼しい。後で他の部屋もつけておこう」

わきあがる憎しみを呑み込み、ダダは目の前の益体のないお喋りに相づちを打つ作業に、全神経を集中した。全ては尊い悲願のために。

＊＊＊

見覚えのある二階建ての住宅と、遠くに塔のような集合住宅が見え、アロイスはアースサイドへの転移に成功したことを確信した。

転移ポイントの古井戸から、地面に飛び降りる。

こちらの時間で七月の末日、午後二時。雨季である梅雨も明けて、うだるような熱気がいた。

肌にまとわりつく。水路に囲まれた住宅街は、ただ蟬の声だけがうるさいほど響き続けて
『大迷宮』中心部にある『額縁』は、ふだんランズエンドの複数の転移ポイントと繫がるよう設定されているが、こうしてアースサイド側に切り替えることも可能だった。最速で調整をしてくれたギリムと『かてどらる組』の仕事には、あらためて感謝するべきだろう。

先行して飛んでいた伊吹が、茂みの陰から「こっちだ」とアロイスを呼んだ。こちらも彼に倣った。

「どうだい？」

「大きな動きはない」

伊吹は自分の住まいから、視線を動かさずに答えた。

現状この勇者邸の周りには、『ＭＫＬ』の人質奪還作戦のメンバーが、続々と集まってきているところだ。戦闘スキルのあるエージェントが、ガス点検員や外回りの会社員、あるいは観光目的の外国人などのふりをして、佃の狭い住宅地にあるこの家にいつでも踏み込めるよう待機している。

「ガーゴイルの報告通り、ひばりと中に入ってから、一度も見えるところに出てきてない。今はたぶんあそこにいる」

指さす先は、屋敷の一角にある応接間だった。今は窓が閉められ、分厚いカーテンも閉まっていた。

「あれを閉めたのは、ひばりだったよ」

「脅されて？」

「わからない。一瞬だった」

悔しさのにじむ声で伊吹は言った。

こんな目に遭わせるために俺は結婚したわけじゃないと、声だけでなく全身で訴えているかのようだ。

ふとアロイスは、隣の男が勇者として召喚され、魔王征伐という偉業をなしとげた時、大量の士官の誘いや縁談が舞い込んでいたことを思い出した。その手の誘いを『自分は若輩者だから』という理由で全て断り、『ＭＫＬ』での復興事業に全力を注いでいる様を見て、アロイスは聖人でもここまでストイックに生きられるものかと思ったものだ。

しかしけっきょく伊吹は、自分で結婚相手を見つけて結婚してしまった。

ランズエンドのために心血を注いできた男の心を奪ったのは、百の名声でも王侯貴族が差し出した美姫でもなく、生まれ育った故郷の女性だったわけだ。なんとしてでも彼と娘や孫を結婚させたがっていたあまたの名士のことを思えば、ずいぶんと皮肉な話である。

しかしアロイスは、伊吹の選択を馬鹿にする気にはなれなかった。

最初は半ば冷やかしで押しかけたこの家で、アロイスたちは温かいもてなしを受けた。ヒトもエルフもドワーフも、魔族やオーガも彼女が作った料理で笑顔になった。

きっと純粋に幸せになりたくて、幸せにしたくてこの娘と結婚したんだろうなと思ったのだ。

そんなアロイスたちの目の前で、初めて目に見える変化があった。

(来たぞ)

監視する家の縁側近くに、ひばりが出てきたのだ。

とっさに体を起こしかけた伊吹の肩を、アロイスは片手で押しとどめた。

三輪ひばりは卵色のTシャツにアンクル丈のデニムという軽装で、肩下まである髪をポニーテールに結い上げている。

見た目は特に怪我をしているわけでもなく、黒目がちな目のふっくらとした面立ちは、あらためて見ても健康的で朗らかな雰囲気に満ちていた。

彼女は座敷(ざしき)の冷房を入れると、縁側のガラス戸を閉めはじめた。

(どうする、イブキ。動くか?)

アロイスは伊吹に目配せをする。上司のイルマに指示されているのは、対象の監視と相手側へのコンタクトだ。しかしこの近さなら、自分が動いてひばりをこちらで引き込んでもいいと思った。

しかしひばりの背後にダダ・ドバエクらしき影も見えたため、その手も使えなかった。

四人服のダダ・ドバエクは、アースサイドの日本家屋の中にいると、いっそう禍々しく巨大に見えた。立ち働いている小柄なひばりの動向を無言で見守り、それからアロイスたちのいる庭を、冷徹なまなざしで一瞥していった。

ひばりが丁寧に座敷の障子まで閉めていったため、庭から内部の様子を窺うことは、まったくできなくなった。

(生殺しだ)

すぐ目の前にひばりがいるのに、助け出せない。

自分でこれだ。相棒はもっともどかしい思いを味わっているに違いない。そう思って横の伊吹の顔をうかがうと、彼は落胆して肩を落とし――。

いや――違う。

あろうことか、スマホを取り出してチェックしていた。

「こら。そんなの触ってる場合か、最近の若者」

「……ばりだ」

伊吹はいきなり顔を上げ、アロイスにチャットアプリの画面をつきつけてきた。

（なんだって？）


『どうしたの？　ガガボさん来てるよ』


「これ、どういうことだと思う？」

「ガガボって……まさかガガボ・ゴルドバ？」

紅姫エンリギーニの守り役である。

最新の投稿のタイムスタンプを見るかぎり、これはひばりがあの家の中から、伊吹宛てに送ったものらしい。

「いや、ちょっと待ってくれ。混乱してきたよ。あそこにいるのは、ダダ・ドバエクであってるよね」

「そうだよ」

「時限のダダ。最悪の爆弾魔」

伊吹は真面目な顔でうなずく。

「なのにガガボ・ゴルドバ？」

「……もしかしてだけど。ひばり、ダダ・ドバエクのことをガガボさんだと思ってるのかもしれない」

「はい？」

「それで向こうも便乗して、話を合わせてるとか」

「そんな無茶苦茶なことがありえると？」

「言いづらいけど、オーガやオークあたりの見分けは、アースサイド人にはかなり厳しいよ。中でもひばりは鈍い……いや大らかなタイプだから」

すさまじい勘違いだが、確かにそうでも考えないとつじつまが合わなかった。

（いやでも、間違えられるのか？　逆に器用じゃないか？）

それを簡単なことだと思ってしまうのも、二つの世界を行き来しているエージェントの傲慢さかもしれないが。

頭痛を覚えながらアロイスは言った。

「つまり目の前にいるのが、魔王軍残党のテロリストだって知らずに過ごしてるのか。わーお、なんてことだ」

「逆に言えば、勘違いが許される環境にいるってことでもある」

「それだよイブキ。やっぱり手荒な真似は最終手段だと思ってるんだ」

これは希望と言っていいのではないだろうか。

ダダ・ドバエクは、人質のひばりにパニックを起こされたり、騒がれるのを嫌っている。他に優先すべきことがあると思っているのだ。たとえば相手方に要求したいことがあるとか。

「なあイブキ。このアプリで、ダダ・ドバエクと直接コンタクトを取ることはできないかな」

「……どうやって？」

「奥さんに正体を知らせる必要はない。たとえば文面はこうだ」

アロイスは伊吹に指示しメッセージを作らせた。


『ごめん、完全にこっちの手違いだ』

『ガガボさんにお詫びしたい』

『今からひばりに電話するから、ガガボさんと代わってくれるか？』


「打ったぞ」

「よろしい。あとは待つのみ」

茂みの中で待ち続けると、画面にうららかウサギの『ＯＫ！』スタンプがついた。

思わず拳を握りしめる。

アロイスは周囲に伝達し、本部にいる部長にも、ここからのやりとりを聞いてもらうことにした。

『通話はオープンでお願いします』

「了解です」

部長の指示で、伊吹が自分のスマホを操作する。

数回の呼び出し音が鳴った後、『もしもし？』と若い娘の明るい声がスピーカーから聞こえてきた。

伊吹の顔が、瞬間苦痛をこらえるように歪(ゆが)んだが、声は平静を保って続ける。

「ひばりだよね。元気？」

『そんなこと言ってる場合ー？　もう、アポ忘れるなんて大ポカ、伊吹もやるんだね』

「ほんと申し訳ないよ。ガガボさんは……」

『いるよ。ちゃんとお詫びしなよね。今から代わるから』

電話口の向こうで、『ここです、これを持って喋(しゃべ)れば、相手とお話できます』と、丁寧に教える声が聞こえてくる。教える対象は、こちらの見込み違いでなければ――。

『あー、うー、これでいいんですか？』

ダダ・ドバエクだ。

声もガガボ・ゴルドバとは全く違う。推測は完全に当たったようだ。

伊吹の目つきが、険しくなる。

「……大した役者ぶりだな、ドバエク」

『いえいえ、そんな大層な話ではありませんよ。ちょっと運がよかっただけです。ですからそんなに謝らなくてもけっこうですよ、勇者殿』

ひばりがすぐ近くにいるというアピールのためか、ダダは気味が悪いほど丁寧な物言いだった。

(煽られるなイブキ、向こうの要求を聞け)

ジェスチャーで指示を出す。

「何が望みだ」

『ここで私の口から言うのは、ちょっと憚られますね。なんだと思いますか？』

「ふざけてるのか？」

『怖いな。そうですね……強いて言うなら、帰りのアシを用意していただけますか？　できれば人数分で』

「今回捕まった仲間の釈放か？」

『いいえ。今回ではなく、全てです。そちらでお世話になっている、全ての同胞を解放していただきたい』

アロイスは耳を疑った。

今収監されている魔王軍関係者の数は、無期懲役の幹部も含めて三桁に近い。その中には封印の珠(たま)の中で極限刑にかけられている、魔王バラベスもリストに入っていた。これを全て解放しろと言うのか。

端的に言えば——無理だ。戦争が起きる。

一緒にやりとりを聞いていた部長も、画面の向こうで許可できないと首を横に振った。

『心配しなくても、魔族領の国境近くまで送っていただければ、後はお手間は取らせません。その頃には社長も合流しているでしょうしね』

「……すぐには回答できない。時間をくれ」

『仕方がないですね。待ちくたびれない程度でお願いしますよ』

それからすぐに電話は、本来の持ち主に切り替わった。

『あ、伊吹？　お話終わった？　早く来てあげてね。それじゃ』

「——待て、ひばり」

無情にも通話は、そこで終了した。

ガラス戸の閉まった家の中から、ダダ・ドバエクの高笑いが聞こえてきそうだった。

スマホを握る伊吹を含めて、アロイスたちは影の濃い夏の庭に立ち尽くした。

＊＊＊

勇者が絶望し歯がみする様が、目に浮かぶようだった。

向こうがダダの出した要望を渋ったり、変なそぶりを見せれば、その時はまず人質の骨を一本一本折ることから始めればいい。こちらとしては迷う余地もなかった。

「ガガボさーん、本当に大丈夫ですか？　無理はなさらなくていいんですよ」

「いえ、これぐらいやらせてください。ただ座っているのも苦手な性分でして」

そしてただいまダダは、クローゼット上部の深い戸棚——天袋というらしい——を探っている。

脇では人質の女が、終始心配そうに声をかけてくる。

「これですか？　ニワトリの絵が描いてある缶」

「あっ、そうですそうです！　蚊取り線香！　うわあ、助かりました！」

女が歓声をあげた。ダダが片手でつかんだ丸い缶を、大事そうに抱き留める。

「ほんともう、手前に置いたつもりがうっかり奥に入っちゃって。伊吹も台がないと届かないって言うし、脚立買わなきゃ買わなきゃってずっと思ってたんですよ」

「今は私を脚立と思ってください」

「ガガボさんてば」

ちょっとプライドを捨て、相手の懐に入って親切心を見せるだけで、こうもたやすく女の信頼を得ることができるのだから、楽なものだった。

部屋の中は贅沢(ぜいたく)に冷房が行き渡り、たてこもるにはなんの不自由もない。

「他にすることはありますか？　なんでもおっしゃってください」

「いいえ、これ以上はさすがに図々(ずうずう)しくて——あ」

何か思いついたらしい。けっきょくあるじゃないかとダダは思った。

「ねえガガボさん。今からちょっとお料理を作りますから、味をみて感想を聞かせてくれませんか？」

「料理……ですか？」

「そうです。一度ガガボさんに聞いてみたかったんですよ。ちょうどよかった！」

戸惑うダダを置いて、女は名案とばかりに足取り軽く座敷(ざしき)を去った。

あまり目の届かないところに行かれるのも困るので、後をついていくしかなかった。
向かった台所は、大小様々な調理器具や食器など、雑多な物に溢(あふ)れていた。設備は古く
整然としているとは言いがたいが、清潔ではあるようだ。
女は食事スペースの椅子にかけてあったエプロンを、手早く身につけた。
「ちょっと待っててくださいね。すぐできますから」
ダダは仕方なく、テーブルとセットの椅子に腰をおろした。
オーガの体を支えるには華奢(きゃしゃ)な脚がきしみをあげ、折れやしないかどうでもいいことが
気になってくる。
まずは食材庫らしい場所から、野菜と肉の塊を取り出して、まな板で切りはじめる。葱(ねぎ)
に包丁を入れる、トントンという軽快な音がする。
(こういう場所は、世界が違っても似たようなものだな)
手持ち無沙汰で包帯の巻かれた左手をいじりながら、思い出すのは昔のことだ。
オーガ自治区の端にあった郷里の村は、一年の大半が雪と吹雪に閉ざされる不毛の地だ
った。男たちは狩りと戦働きで女と子供を食わせ、女は家の中でかまどの火を守り、子供
は狭い家にこもることに飽きて、わずかな春に憧れた。
ダダは狩人(かりゅうど)ではなく、戦士になった。

魔王軍では橋や砦の建設のために岩を運ぶところからスタートし、士官から発破の技術を学んでそこそこ重宝がられた。誇りに思うと褒めそやした父は、竜を追う時の事故で、もう思うように働けなかった。

そして母はいつも台所に立っていた。山の薬草を煎じたり、粗末な食材で保存食を作ったりと、常にこまごまと立ち働き、ダダが数年おきに帰ってきてもその体が小さくなるだけで、台所や作業場の匂いも、かまどの火の色も、何一つ変わらなかった。

目の前では女がフライパンに火をつけ、切った葱を焼いている。さらにかたまりからスライスした肉を焼き付け、脂をぬぐってから調味料をいくつかふりかける。煮詰まるうちにえもいわれぬ香ばしい匂いが、椅子に座るこちらまで漂ってきた。

「——と。こんな感じかな。できました」

女が振り返った。

ダダの目の前に、まだ湯気が立っている角皿がことんと置かれた。

葱と肉を、焦げ茶色のソースで煮付けたもののようだ。

「ガガボさん、お箸は苦手でしたよね。これ、ナイフとフォーク使ってください」

カトラリーが入った籠も、手の届く場所にセットされる。もはや拒否ができるような状況ではなかった。

「……なんでしょうか、これは」

「とあるお肉の、陶板焼きです」

「何を焼いたものですって？」

「陶板持ってないんで、普通にフライパンで焼いちゃいましたけど」

知りたいのは、『とある肉』の方だ。笑って答えになっていないことを言うなと思った。

（つまり当ててみろということか？）

趣味の悪いことをさせる女だ。

ダダは半分やけくそで、赤みがかった肉と葱をフォークに突き刺し、口に入れた。

不思議な味だった。よく焼いた長葱の香ばしさと甘さ、そこに弾力のある肉のうまみが混じり合う。最後に振りかけていたスパイスのさわやかな香りが、口から鼻に抜けていった。

「……この煮込んであるソースは？　ワインでもバターでもない……」

「お醤油とお酒とみりんですね。仕上げに山椒ちょっと」

現地の調味料と、スパイスらしい。発酵しているのか独特の風味があった。

何よりこの、肉そのものの味。ダダが感じたのは、思わず涙が出そうになるほどの――郷愁だった。なんとなつかしい。

「なんのお肉を使ってるか、わかります？」

「雪華竜……」

「あ、すごい。かなり近づけてますよね。でもね、違うんです。アースサイドの鴨で作ったんですよ」

はしゃいだ感じの女の言葉も、この味のせいでほとんど頭に入ってこなかった。

村の男たちが、命をかけて狩りをする姿が思い浮かんだ。あれは村の生命線だった。年間に捕獲できる数はわずかで、それを近郊の魔族に仕える代官が、馬車に高い毛皮の外套を仕立てて買い取りにやって来る。買い叩かれても反論はできず、それでも渡された数枚のコインで一家は命をつないだ。できなければ凍え死ぬしかない取引だった。

売れずに余った尾や羽の周りのくず肉は、寒風にさらして保存食にするか、凍り付く前に煮込んで食べる。これはあの、家族で囲んだ食卓の味にとても近い。

故郷の貧しい風景と直結した、懐かしくてたまらなくみじめな味。

「前にお中元でいただいた雪華竜、すっごいおいしくて。どうにかこっちの食材で再現できないかなって、色々考えたんですよ」

女は作った料理を前に、顔のわりに大きな目を輝かせて喋り続けている。

「私たちの世界に竜はいないけど、じゃあ何が竜の肉に一番近いかなって考えてた時に、鶏派と豚派で意見が分かれてたんですよ。そんな時にたまたま伊吹の会社の近くにおいしい鴨肉のお店があるって聞いて、ランチに鴨せいろをいただいたらこれだーってなって。入手のしやすさで合鴨になっちゃったんですけど、食感とかけっこういい線いってると思いません？　もちろん本家の風味に一歩及ばないのはわかりますよ。でもでも、本場生まれのガガボさんが近いって思ってくれるなら成功です」

「本場と言っても……地元の人間は言うほど食べないんですよ」

「あ、そうなんですか？」

無邪気で残酷な問いに、わきあがる怒りを押し殺しながらうなずいた。

「ええ。特にこんな上等な部位は、地元じゃまず口にできない。私も初めて食べたかもしれない。贅沢な味だ」

「確かに知る人ぞ知る、高級品だって聞きます。一部の食通の魔族さんの間にしか出回らないとか」

「その魔族も、大戦で痛めつけられ力を失いました。メリアカンをはじめとした人類種族国家に支払う賠償金に汲々とし、領民から作物を買い上げることもままならない。魔族領に住まうオークやオーガが今どれだけ疲弊しているかわかりますか！」

テーブルを叩いた。

だからダダは戦っているのだ。たとえ最後の一人になろうとも、この不平等な状況を是正し、同胞が安心して暮らせるようになるまで諦めはしない。徹底的に戦いぬいてやると。

言うだけ言って我に返れば、女は完全に固まってしまっていた。

(――しまった)

これは完全にダダの本音であって、穏健派で体制側につくガガボ・ゴルドバらしい台詞(せりふ)では全くなかった。

取り繕う方法を考える中で、もう潮時ではないかという思いが頭をよぎった。

単に楽だからという理由で女の勘違いに乗り、茶番のような小芝居を続けてきたが、このあたりで終わりにするべきなのでは?

目的はなんだ。今のところ『MKL』側からの続報はなく、次に見せつけるべきはこの女が泣いて命乞いをする様ではないか。こちらが本気であることを示すのだ。

(そう。それしかない――)

自分が魔王軍残党の戦士であることを明かし、なんなら直近に起こした事件の一つや二つも教えてやり、相手が恐怖で泣きわめこうとも人質として拘束する。抵抗するなら軽く痛めつけるぐらいしてもいい。そういうシミュレーションをしてから、あらためて女の顔を見据えた。

「ああ、だからなんですね」

　ようやく腑に落ちたような女の反応に、出鼻をくじかれる形になった。

「……なんだって？」

　女は言った。

「伊吹が前に話していたんですよ。魔王軍は将校クラス以外は魔族じゃない人の方が多くて、その人たちの暮らしを守らないと本当の平和にはならないって」

「は、実にきれい事好きの勇者らしい言い分だ。口だけならなんとでも言える」

「そうですか？　けっこう具体的に考えてるみたいですよ？」

「なら言ってみろ」

「たとえば本物の雪華竜を、メリアカンの市場に直接流通させるプランとか」

　ダダはとっさに口ごもってしまった。

　意見を否定する以前に、荒唐無稽すぎて耳を疑ったのだ。あまりに無謀。馬鹿じゃなかろうかとさえ思った。

「収益は、基本的に現地の人のものになります」

「馬鹿な。そんなことが……可能なのか？　自前で高位魔法使いを雇っていないと、まともに食べられない代物なんだぞ。だいたいどうやってメリアカンで売るんだ。魔族領のオーガが売り手だなんて知られたら、買い叩かれるのがオチだぞ」

『ＭＫＬ』経由で、魔法を使わなくても竜の加工ができる器具を、現地の人に貸し出そうって話になってるみたいです。ちゃんとしたブランドを定めて認定証を発行して、雪華竜が食べられるレストランや加工工場を作ろうって」

椅子から腰を浮かせていたダダは、膝から力が抜け、また腰をおろした。

何も考えずに座ってしまったため、椅子が派手なきしみをあげたが、そんなことには構っていられないほどの内容に震えそうだった。

「流通ルートもメリアカンの商業ギルドにかけあって、正規のものに乗せるって言ってます」

それは実現すれば、確かに革命だった。代官に買取の値を叩かれる以外の道で、金が稼げるのだ。

傭兵として出稼ぎに出るしかない男たちも、村にとどまれる。

家の中に閉じこもって鍋の番をするしかなかった母のような人にも、仕事があって働けたかもしれない。

「あとはー、凍った雪華竜のお肉ってドライアイスみたいに冷たいから、冷房や冷蔵庫の素材に使えないかなとか。これはまだ思いつきの段階で、きちんと検証するところから始めなきゃいけないんですけど」

女は数日後の楽しい予定を語るように、雪華竜を人類種族の巨大な市場で売りさばく話をしている。

でも、本当に実現するのかもしれない。他でもない勇者がやろうとしているのだ。

「ともかく雪華竜を食べたらみんな笑顔になるっていうのは、もう保証済みじゃないですか。知る人ぞ知る珍味なんて扱いもったいないですよ。メリアカンの人にとっても、嬉しい取引になるんじゃないかなって思うんです」

かつての救国の英雄がエージェントとして仲立ちをし、真に見捨てられた辺境の民を救うのだ。してほしいと思った。心から。

（いや、だめだ）

たとえその夢のプランが実現するにしても、魔族領オーガ自治区ヒルエル村が対象になることはないだろう。理由は一つ、ダダが今この家に立てこもっているからだ。

＊＊＊

「踏み込むべきだ」

庭に集まってきたエージェントの間でも、意見は分かれた。

王国騎士のヒース・アルバントは、今すぐ内部に踏み込んでダダを始末すべきだと主張した。

「奴の言い分は、到底受け入れられるものではない。妥協を見せず、総員で踏み込んで『ＭＫＬ』の威厳を示すべきだろう」

「そうしたらイブキの奥さんはどうなる」

「ならば人質の交換を頼むか？　応じると思うかダダ・ドバエクが」

アロイスが差し挟んだ疑問に、ヒースが眉を吊り上げ反論した。

「まだ部長が上と掛け合ってるんでしょう。魔王や幹部の解放は無理でも、魔族領への亡命を保証するとか、交渉の余地はあるはずだ」

「貴様、あいつがユヨクで何をしたか知っての言葉か！」

「ああ知ってますよ嫌になるほど。君こそ彼女の料理をたらふく食べたんじゃないのか？　イブキの前で言えるのか、彼女に犠牲になれと！」

「おい――」

ヒースに強く胸ぐらをつかまれ、しかしアロイスもまた譲れなかった。

「イブキ、どう思う!?」

引き合いに出された伊吹は、ここまでずっと判断を保留し、沈黙していた。

「俺は……ドバエクを野放しにすることは反対だ……」

「そうだろう、そうだろう！」

紡ぐ言葉は苦渋に満ちながらも、アロイスの視点で見れば『優等生ぶるなこの馬鹿』だった。あれだけひばりを溺愛して救われた顔をしていたくせに、何を迷っているのか。

「正義は守られなければならぬのだ。ここで個を優先することは許されない！」

「いいのかイブキ！　君の奥さんがどうなるかわからないんだぞ！」

伊吹は目をそらした。その先には今も、ひばりとダダ・ドバエクが立てこもっている。

「たまにはわがままを言えよ。君がやっと見つけた相手だろうが。なあ――！」

怒鳴りつけるアロイスと伊吹の頭上を、警戒中のガーゴイルが旋回し飛んでいった。

使い魔は宙を空を飛びつつ、『イー匂い』と鼻を動かした。

うるさいので消してやろうかと思ったが、次の瞬間、伊吹が何も言わずに駆け出した。

建物の裏手に消えて、すわ暴走して突入したかと全員が緊張した。

しかし彼は、すぐに戻ってきた。

「慌てさせるなよ。何がしたいんだ」

「……換気扇が回ってた」

「は？」

「ガーゴイルの言う通りだ。醬油の匂いもした。くそ、いつからだ――」

伊吹は呟くやいなや、地面に棒で線を引き始めた。

どうやら間取り図のようだ。この家の間取りである。

「これがどうした？」

ヒースの問いに、伊吹は棒を片手に言った。

「さっきから換気扇と、ガスや水道のメーターが回り続けてる。たぶんひばりは、ここの台所にいて、何か作ってると思う」

間取り図の北側にある、台所の部分を指し示した。

「ガス台のすぐ近くに、勝手口がある。だからここから救出班を投入すれば、ひばりを助けだせる可能性は高いと思う」

激情に駆られてもいない。理路整然とした言葉だった。

追い詰められながらもずっと、黙って救出の方法を考え続けていたのだろう。そしてわずかな変化とチャンスを見逃さなかった。

それでこそ我が相棒、勇者イブキだと思った。アロイスは破顔した。

「アロイス。鍵の解錠、できるか？」

「愚問だね。任せてくれ」

「ヒバリ嬢さえこちらで保護できれば、あとは突入してダダ・ドバエクを仕留めるだけか。イブキ、救出と犯人確保、どちらの役で入る？」

問われた伊吹は、あらためて目標の方角を見据え、短く答えた。

「――斬る方で」

メンバーは二班に分けられた。

勝手口から侵入し、ひばりの安全を確保して離脱するまでの救出班。そして残されたダダ・ドバエクを、生死不問で捕縛するまでの捕縛班。アロイスは救出班に振り分けられていた。勝手口から進入する際、魔法で鍵を解錠し、撤退まで随時フォローする役どころである。

気温は午後三時を前にますます上がり、風の通らない勝手口の前で待機する中、同班のヒース・アルバントと肩を並べることになった。

ヒースは地面に片膝をついた姿勢のまま、こちらと目が合えば気まずげに視線をそらした。

「……まあ、なんだ」

「いえいえ、気にしていませんよ胸ぐらつかまれたことぐらい」

「しっかり気にしている奴が、白々しいことを言うな」

「こちらこそ、大人げない絡み方でした。あなたがヒバリさんを軽んじているわけじゃないことぐらい、僕にもわかります」

ただ考え方の違いであり、このメリアカンの騎士は言うべきことを言っただけなのだ。

ヒースとしては予想外の反応だったようで、意外そうにこちらを見返したあげく、また顔を赤くして反対方向にそっぽを向いてくれた。

「だいたいだ。貴様とイブキはいつまでも大戦時の仲良しパーティーごっこを続けているがな、我々も『MKL』の一員であることを忘れるなよ」

おやとアロイスは思う。なんだこれは。よもや図体のでかい小僧が拗ねているのか。

思わず笑いそうになるのを、こらえるのが大変だった。

「すみませんね。僕にとってはつい昨日のことなんですよ」

「長耳の時間感覚は毒だ」

本当に昨日のことなのだ。世界を救えと召喚された勇者を筆頭に、癖の強い戦士や聖女たちと共に旅をしたあの日々。

すでにパーティーメンバーの何人かは欠けてしまっており、同じメンツが顔を合わせることもないとわかっているが、それでもアロイスに懐かしいという感覚はない。きっと会えば普段と同じ気持ちで挨拶をするだろう。喜びも憎しみも色あせぬままだ。

（そして好きな人が増えていくんだ）

この身に寿命が来た時、はたして地上にどれだけ愛しい存在が増えているかと思うと、途方もない気持ちになる。きっと幸せなことだろう。

作戦の予定時刻が迫り、リーダーのヒースが号令をかけた。

「解錠の準備」

「始めます」

アロイスも杖を持ち、詠唱に備える。

南側の縁側付近では、勇者を筆頭にした捕縛班が、こちらの作戦と連動する形で待機しているはずだ。

（待っててくださいよ、イブキの奥さん。すぐに片が付きます）

泣いても笑っても、あと数分のうちに決着はつくはずだった。

＊＊＊

換気のための羽根が、音をたてて回り続けている。狭い洞穴の中を、風が通りぬけていくような音だ。

ダダ・ドバエクは、今にも脚の一本が折れそうな椅子に座りながら考えている。

ずっと戦士として戦ってきた。魔王軍にいた時も、残党として活動している今も。そうすることが、虐げられた仲間を救うと信じていたからだ。

だが敵だと思っていた勇者の方が、実際はより多くの民を救おうとしているとしたら？

皮肉どころの話ではない。

「どうしました、ガガボさん。まだ陶板焼きのお代わりがありますけど、召し上がります？」

ダダは、うつむいていた顔を上げた。

自分という存在があるかぎり、計画が故郷に適用されることは叶うまい。ならば何をするべきか。

余計な感情を排しさえすれば、答えは簡単だった。そう。ここに来て選択肢など、はなから残されていなかったのだ。

「あなたの……名前が知りたい」

「え？　ご存じのはずじゃ……」

「いいえ。知らないのです本当に。私の名前も、ガガボ・ゴルドバなどではないから」

女はダダを恐れず、終始優しかった。それは彼女がダダを別人だと思い込んでいたからだが、恐れもされず忌諱もされず相対してもらったのは、かなり久しぶりだった。

それこそ死んだ母親以来だったかもしれない。

「傷の手当をしてくれたことを、感謝します。それとこの料理もおいしかった。雪華竜の素晴らしさが国と種族の垣根を越えて、広く行き渡る未来に期待しています」

「すみません。おっしゃってることがちょっと……」

「願わくば……私の故郷の村にも慈悲をかけてくれるよう、あなたからも伝えていただけますか。何よりも助けが必要な場所なんです」

魔族領オーガ自治区ヒルエル村。山と山に挟まれた小さな村だ。

「私という者が本当はどういう存在かは、これから起きることを見ていただければわかると思います。それでは、失礼」

「ガガボさん！」

　ダダは椅子から立ち上がった。やはり椅子の脚が一本折れかかっていた。修理をしている暇がないのが申し訳なかった。

「あの。お帰りになるんですか？　もうちょっとすれば、伊吹も来ると思いますよ。私から連絡してみましょうか」

「危ないので離れていてください」

　困惑して付いてこようとする女を置いて、ダダは玄関へ向かった。どうせなら正面から出ていった方がいいはずだ。

　玄関の引き戸を開ける。とたんにまぶしいばかりの陽光と、あのうだるような熱気が襲いかかった。ひるまずダダは足を踏み出した。

　両手をあげると、手首にはまったままの手錠の残骸と、左手の白い包帯が目に入った。なんとなく誇らしく思いながら、包帯の結び目を見せつけるようにまた一歩進む。

　三歩目に至った瞬間、こちらの死角から高速で迫った白刃が、ダダの体を袈裟斬りに切り裂いた。

（屋根――）

　上から飛び降りたのか。

　痛いというよりただ立っていられず、地面に倒れた。追撃とばかりに背へ刀が突き立てられる。

「確保！」

　この声は勇者イブキだろう。

　これを合図に大勢のエージェントが現場に群がってきて、ダダの体を身動きが取れないよう、何重にも拘束していった。

「ガガボさん！」

「だめだ奥さん！　危ない！」

　ダダは首を動かすことも難しいが、女は仲間のエルフに止められているようだ。

（だから、私の名前は、ガガボじゃないんだ。言ったろう）

　最後まで思い込みの強い女だった。呆れたとたんに拘束がよりきつくなり、ダダの意識はそこでいったん途切れたのだった。

＊＊＊

「――大丈夫ですか？」

　横からミネラルウォーターの入ったペットボトルを差し出された。

ひばりが顔を上げると、アースサイドの私服を着たアロイスだった。

玄関の上がり框に座り込んでいる間も、庭では『ＭＫＬ』の職員たちが殺気だった表情で行き交っている。

ずっと熱に浮かされているような、悪い夢でも見ている気がしてならなかった。

「……何がなんだかわからなくて……」

「そうですよね、わかります。無理もありません。あなたはとても危険な目に遭ったんですから」

アロイスに勧められるまま、水を受け取った。しかし口をつけるところまでは行けず、ただいたずらに手の中でボトルを温めてしまう。

ひばりが一緒にいた相手は、ガガボではなくまったくの別人だったそうだ。

いわく、ランズエンドで犯罪を犯したテロリスト、ダダ・ドバエク。非常に危険な状態だったのだと言われても、すぐに呑み込めるわけがない。

「……すごくいい人に見えたんです」

「それが相手の手口ですよ。あなたのことを騙そうとしたんです」

本当に？

怪我をした手を治療しようとした時も、天袋の荷物を取ってもらった時も、不慣れゆえの小さな違和感はあっても、彼から犯罪めいた空気は感じられなかった。

ひばりが雪華竜を模して作った料理を試食してもらった時は、ひどく真剣な口調で故郷の現状を訴えていた。

今思えば、あれが彼の本音だったのでは、とは思うのだ――。

『願わくば、私の故郷の村にも慈悲をかけてくれるよう、あなたからも伝えていただけますか。何よりも助けが必要な場所なんです』

ひばりはいてもたってもいられず、玄関から表へ顔を出した。

こちらがガガボ・ゴルドバだと思っていたオーガは、捕縛時に負った怪我もそのままに、後ろ手に拘束され、古井戸の転移ポイントに足を踏み入れようとしていた。

ひばりは玄関先から叫んだ。

「ドバエクさん！」

他の『ＭＫＬ』職員に交じり、オーガがゆっくりとこちらを振り返った。

「私の名前は、ひばりです！　春の朝生まれで、ひばりが鳴く頃に生まれたから父がそう名付けました！」

数少ない、両親から直接受け取ったもののうちの一つだ。

こちらの声を聞いたダダは、一見して獰猛（どうもう）そうな口の端を歪（ゆが）めて笑ったようだ。一番近くに同行している伊吹に促され、すぐに前を向いて井戸の中へ消えてしまったので、それ以上は何もわからない。

胸がずっと継続して痛いのは、裏切られた怒りだろうか。それとも悲しみ？　わからなかった。何も。

一人で大丈夫だからと言い張って、アロイスたちも全員本部に帰し、誰もいなくなった家の中を一人で片付けた。余っていた合鴨(あいがも)の陶板焼きを冷蔵庫に入れ、調理器具や皿を洗い、シンクも水一つ残さないよう綺麗(きれい)に拭き上げた。

すっかり日が暮れた頃、伊吹が家に戻ってきた。

ひばりはアイロンがけの作業も全て終え、二階の窓辺で風にあたっていた。

振り返るのも、今はしんどかった。

「ただいま」

「……おかえり」

ただ畳に座る自分の、デニムの膝あたりを見ながら言った。

「大変だったよね。本当に、巻き込んでごめん」

「別に、伊吹のせいってわけじゃないでしょ」

半笑いで返して、ひばりは泣きたい気持ちをこらえて、後ろにいるはずの夫に聞いてみた。

「あの人、どうなるの？」

「裁判の途中で逃げたんだ。減刑はない。魔王と同じように、未来永劫封印されて意識も何もなくなると思う」

「そうなんだ」

具体的な想像はできなかったが、勝手に目から涙がこぼれてきた。

「彼は、ランズエンドで許されないことを沢山した。沢山の人を傷つけたんだ」

そうらしい。心の中でうなずく。

哀れなダダ・ドバエク。

誰にも悼まれず、望みだけを託して終わるのか。

「ひばりの安全のためだった。あの場でああしたことを、間違っているとは思わないよ」

「そうだね。でも。でもあの時はガガボさん、抵抗してなかったよね……」

「ダダ・ドバエクだよ」

「もうわからないの！」

自分は理不尽なことを言っているのかもしれない。彼を責めてどうする。けれど、たとえひばりを助けるためとはいえ、伊吹は手をあげて投降しようとしていた人を、目の前で斬り捨てたのだ。その光景が、今も瞼(まぶた)の裏に焼き付いてしまっているから。

「ひばり。こっち向いて」

伊吹はひばりを振り向かせて膝をつくと、泣いているこちらの目を見ながら距離をつめてきた。何を考えているかわからなくて、顔が近づいた瞬間身を硬くするが、伊吹はそのままこちらの肩に頭を乗せてきただけだった。

(伊吹——)

恐らく今日一日動きまわって、髪と言わずワイシャツと言わず汗の匂いがした。もたれかかる頭の重みと一緒に、彼の存在がより強く感じられるものだった。

シャツの袖には、点々と赤い血が飛んでいた。

「俺が怖い?」

それは詰問というより、弱々しい問いかけだった。

急に後悔が襲ってくる。

そうだった。伊吹は近しい人に怖がられるのを、何より恐れていて。だからリスクを覚悟で結婚したひばり相手に、こんなことを言わせてはいけないのだ。

「ごめん。そんなことないよ。大丈夫だよ」

安心させようと、その背中を抱きしめて繰り返した。でも何より最悪なのは自分の言葉に説得力がまったくないことと、たぶん伊吹もそれを感じ取っていることだろうなと思った。

5話 うちの旦那が大好きかもしれません

八月に入った。今日もビルの間に入道雲が育っている。

日本列島はどこもかしこも高気圧に覆われていて、逃げられる場所がどこにもない。暑いの一言だ。

しかし周りにフェーン現象を起こすような高い山がなく、かわりに東京湾や隅田川が囲っている佃や月島界隈は、内陸性気候と瀬戸内式気候のハイブリッドである京都市内よりはまだ過ごしやすいように思うのだ。本当に気持ち程度の差ではあるけれど、たとえばパート帰りに自転車をこいで勝鬨橋を渡っていると、夕暮れ時の川風で陸地にいるよりちょっとだけ気持ちがいい。

途中買い物をして自宅に帰ってくると、ひばりはさっそく夕飯の支度に取りかかった。

(今日は、具だくさんのざるうどんを作るよ)

まずは買ってきたゴボウで、ごま油を利かせたささがきのきんぴらを作る。

引き続き鍋に湯をわかし、ほうれん草を茹でて、水にさらして食べやすい大きさにカットした。大根と生姜(しょうが)は千切りに。魚焼きグリルで油揚げをこんがり焼き、これも細切りにしてしまう。

再び鍋に湯をわかし、今度はうどんを茹でる。

規定時間茹でたらざるに空けて、冷たい水できりりと締めれば完成まであとわずかだ。

できた具は皿に盛り付け、すりごまを入れた冷たいめんつゆを用意すればできあがりだ。

（よし、こんなもんかな）

まずは大皿に盛ったうどんを、隣の居間へ持って行く。

「おうどん茹だったよー」

「うむ、ヒバリよ。大義であった」

そしてクーラーがきいたお座敷(ざしき)の座卓では、魔王の娘エンリギーニと、守り役のガガボ・ゴルドバの二人が、当然のように座っているのである。

「最近よく来るねえ」

「こちらですませた方が、女官長の機嫌がいいのだ。浴衣も着せてくれたしな」

「うん、確かに似合ってるよ」

本日のエンリギーニは、白地にヨーヨー柄の浴衣姿だった。ひらひらした絞り染めの金魚帯も愛らしく、頭のツノも左右に結ったお団子で隠れているので、観光中の外国人の子と言われれば違和感はないだろう。

ひばりの感想を聞いて、エンリギーニは得意そうに歯を見せ笑った。

あらためて三人で、作ったざるうどんをいただく。

「ヒバリ。今度『はなび』がしたいと思うのだ」

「花火かあ。魔法が普通の人たちには物足りないかもしれないけど……小さいのなら、うちの庭でできるかな」

「その言葉、忘れるでないぞ」

まったく子供の適応能力とはすごいもので、こうして和室で正座も、お箸でうどんをちゅるちゅるすするのも、あっという間にできるようになってしまった。

そしてすごいという意味では、そんなエンリギーニに毎度つきあう、ガガボの苦労もしのばれるのである。

「どうですか、ガガボさん。うどんのお味の方は」

「……この薬味としてのきんぴらが、いい仕事をしておりますな」

大きな手でゴボウのきんぴらを蕎麦(そば)ちょこに入れながら、ガガボは真面目くさった調子で言った。

「歯ごたえとごまの風味が良くて、天ぷらがなくとも満足感が得られる」

「ですよね？　揚げたての天ぷらがあれば最高なんですけど、こう暑いと用意してられないですし。お惣菜も人数分買うとけっこうしますしね」

「客に厳しい台所事情を明かせるとは、勇者殿も鷹揚になられたものだ」

なんにしろ皮肉を交えて喋るのは、ガガボの性格なのだと最近わかるようになった。声の質も違う。よく見れば目鼻の配置も。

頭の中で、特定の誰かと比べる自分がいる。

人間以外も人間と同じように、一人一人個性がある。気づかなかったのだ、あの時は。

「どうされたか、奥方。私の顔に何かついておりますか」

「いえ……そうじゃないんです。ただ本当に皆さん、一人一人お顔が違うんだなって思って」

「何を当たり前なことを」

「ガガボ。このエンリギーニが言い当ててやろうか。ヒバリはそなたとダダ・ドバエクを取り違えたことを気にしておるのだ」

エンリギーニが、ずばり直球で指摘してきた。

「……エンリちゃんも聞いてるんだ」

「はっ、馬鹿にしておるのか。私を誰だと思っている。魔族とその眷属たちの象徴であるぞ。ダダ・ドバエクが魔王軍の残党を名乗っていたことも、産み主様を含めた収監中の幹部の釈放を求めていたことも皆知っているわ」

「そうなんだね……」

「別に聞きとうなくとも、皆勝手に耳打ちしてくるからの。その上で断言してやるがな、ヒバリ。あれはどうしようもない阿呆(あほう)だから気にするな。以上」

子供用の箸でずるずると、薬味満載のうどんをすすっている。

「なかなか、そんな風には思えないよ」

「甘ちゃんだなヒバリは」

「甘い……のかな」

「私が今ここにいるのも、魔王軍が解体されたのも、魔族領が領地を減らすことなく存続しているのも、全て政治という名の途方もないやりとりの果てに出た妥協案だ。決して最良ではないが、現状一番バランスが取れていると言っていい。くそったれだがそうなのだ。なのにあれは、盤上の駒ごとかき回してゲーム自体をご破算にしたがった。ああいう手合いは、私だっていらない」

エンリギーニは手厳しい。

ふだんはわがままばかりで周りを振り回していると聞くのに、こういうところは大人顔負けだった。

いつまでも自分が見た人物像と、実際のギャップを引きずっているひばりの方が、よほど幼いのかもしれない。

「それぐらいなら盤のルールに則ったまま、全ての民を救おうとしている自分の夫こそ讃えてやったらどうだ」

「何、俺がどうかした？」

お座敷に、東銀座の本部から帰宅した伊吹が現れた。

「おかあ様！」

「勇者殿。お先に始めさせてもらっているぞ」

「どうぞごゆっくり。へえ、今日は冷たいうどんなんだ。おいしそうだ」

「おかえり伊吹ー。ちょっと待ってね、伊吹のぶんのおうどんも持ってくるから」

「ありがとう。それでなんの話をしてたの？」

ひばりが席を立つ一方、伊吹はネクタイを緩めながらエンリギーニの隣に腰を下ろした。

「……別に何も！」

「そうなの？　なんか褒めてもらってた気がするんだけど」

「嘘だ。気のせいだ。別に大した話などしてないぞ。本当だからなっ」

「なるほど」

「なんだその目は！　おぬしはお母様のくせに私を信じないのか！　よくないぞ！」

嫁と定めた相手より、母親と認定した方に素直じゃない。これってどうなのよとひばりは思う。

冷蔵庫に入れていたうどんを水ですすいでいる間も、座敷からは賑やかな声が絶えず聞こえてきた。


深夜になると、反動で家の中はいっそう静かになる気がする。

エンリギーニとガガボ・ゴルドバの二人は、デザートのスイカまで食べてから、いつものように古井戸経由でランズエンドへ帰っていった。ひばりは家事を終えて風呂に入ると、二階の窓辺で髪を乾かす。

伊吹は先にベッドに入って、スマホをいじっている。

「エンリちゃんさ、今度花火やりたいって言ってたよ」

「花火？　最近またちょっとわがまま入ってきてるよね。ひばりも相手するの大変だろ」

「それはないよ。賑やかな方が好きだし、楽しいし」

嘘ではない。二人でいるのが気詰まりで、誰か他に人がいてくれた方が間がもって助かるのだとは——とても言えないけれど。

こうして伊吹と喋っている時も、いつまた不自然に言葉が途切れないか、そこからどうやって会話を繋(つな)ごうか、不安で仕方なくなるのだ。

全てはあの立てこもり事件があってからのことで、彼がこれに感づいているのかまでは不明だった。

怖いと思ってしまった。

それがばれてしまった。たぶん。

「そうだ伊吹。今度のお盆休み、伊吹も休みでいいんだよね」

「うん、そのつもりだよ。できれば連休と繋げて、十八日までは休むつもり。それがどうした？」

「京都行きの新幹線の切符、往復で二枚取っちゃってるから」

「だから新八(しんぱち)さんのところに帰るんだよね」

「ごめん。単に確認したかっただけだから。それだけ」

そして今度こそ、恐れていた沈黙が降りる。

（やだな）

以前は気になるどころか、これもまた心地よい『間』だったものかもしれない。でも今は、その頃の状態がよく思い出せないのだ。なんの言葉もない状態が、そのまま静寂となって伊吹との間に横たわっている気がする。

この状態で二人で帰省するなど、今から気が重かった。

「そろそろ明かり消すよ」

「わかった」

ドライヤーを片付け、ひばりも同じ床についた。伊吹が立ち上がって照明の紐を引く。部屋の中が、一気に暗くなった。

手を伸ばせば触れる距離に毎日いるのに、背を向けて眠る伊吹とは手を繋ぐことも寄り添うこともしにくくて、今日もひばりは目を閉じて羊を数えるしかない。

そして八月の第三週、お盆時の東京駅は、各地に帰省する人の波で、さすがの人混みだった。

新幹線も自由席など一部の車両は、一五〇パーセント以上の乗車率になったようだ。ひばりたちは指定席の切符を取っていたので、席取りの大変さ自体はなかったものの、道中や駅構内を歩くのも一苦労で、グランスタ東京でお土産や駅弁を買うにも列ができた。

「おじいちゃん、元気にしてるかな」

「ひばりがこっち出てきたのって、もう半年も前なんだね」

「そうだよ。なんかあっという間だった」

人を避けながら新幹線のホームに移動し、いったん席についてからは車両の揺れと周りの人の気配で、お互い喋らないことも苦にはならなかった。

東京駅から京都駅まで、『のぞみ』に乗って二時間ちょっと。駅からはバスが混雑している上に時間が読めなかったので、地下鉄を使うことにした。

最寄りの今出川駅で地上に出て、ぽっかりとした空の広さと油照りと呼ばれる蒸し暑さに胸を打たれ、『ああ帰ってきたぞ』の思いを強くする。

京都御所沿いに鴨川を目指して歩けば、左手に見えてくるのは出町柳の商店街。ここまで来れば、弁当屋『ときとう』まであと少しだ。

アーケードや大通り沿いの店は、お盆時で一部閉めているところもあったが、人気の和菓子屋や『ときとう』などは営業中だった。

何気なく店頭を覗いてみたら、驚いた。

「ええっ、おじいちゃんてば、一人でお店やってんの!?」

「おお、ひばりか。伊吹君も。遠いとこからよく来たな！」

祖父の新八は、あろうことかカウンターで行列する客に、弁当を渡している最中だった。

「し、信じられない。パートさんどうしたの。鈴木さんは山田さんは」

「二人とも、今年は帰省したいって言ってなあ」

だからってあなた。

「まあ盆休みで会社や学校関係の客が減るから、わし一人でもさばけるだろうってな」

「そのぶん観光客のいちげんさんが増えるってパターンじゃない。ああもう待ってて、私が今からレジ入るよ！」

「お、俺も手伝います」

帰省早々、ひばりはバックヤードに荷物を放り込み、エプロンと三角巾をつけて店頭に立った。昔取った杵柄で、お客をさばいてさばいてさばきまくった。


「――いやー、今日はほんと助かったわ！」

閉店後の店の二階で、新八は同じ台詞を何度も繰り返した。

ちゃぶ台には、遅めの夕飯が並んでいる。作り置きの常備菜や煮魚といった素朴なメニューだが、久しぶりに新八が炊いた冬瓜や、赤魚と焼き豆腐の煮付けが食べられてひばりは満足だった。

今も晩酌用の糖質ゼロなビールを飲みながら、新八はご満悦だ。

「伊吹君も、手伝ってくれて感謝感激雨あられだ」

「すみません。なんか俺、ぜんぜん役に立たなかった気が」

「なんのなんの。なかなか筋はよかったぞ」

「お米ひっくり返したけどね」

「こらあ、ひばりい！　おまえさんそれが旦那に対する態度か！」

生まれて初めて食品関係の厨房に入ったという伊吹は、新八の予備のユニフォームを着て、おっかなびっくり溜まった洗い物をしたり、弁当におかずを詰めたりしていた。今思い出しても、違和感がすごくて面白い。

「今までお客でしか来たことなかったから。次からは、もうちょっとうまくやれるようにしたいです」

「おい、聞いたか。こういう謙虚な姿勢が大事なんだ。わかるか」

「聞こえませーん」

ひばりが耳を塞ぐふりをし、伊吹が笑い、明かりがついている間、ずっと話し声や笑い声が絶えなかった。

寝る段になっても隣の部屋に新八がいるからか、特に気詰まりで寂しいという感じもなかった。

二人分の布団を敷いたのは、ひばりが使っていた六畳間だ。小学校時代から敷いているカーペットのピンクが、少々子供っぽくて気恥ずかしい。片付けきれなかった私物も残っていて、あまりじろじろ見ないでねと言いたかった。

「おやすみ、伊吹。今日はほんとお疲れ様だね」

「うん、さすがにくたびれたかな……」

しかし伊吹もTシャツにスウェット姿であくびをし、そこからこんこんと眠って帰省第一日目が終わったのだった。

＊＊＊

翌日の朝は、まずお気に入りのパン屋さんに行って、朝食用のパンを買うことから始めた。

(銀座(ぎんざ)のパンもおいしいけど、こっちのパンも格別なんだよね)

京都に帰省したら、絶対に食べようと思っていたのだ。

開店と同時にさっと飛び込めるのが、地元民の強みである。狭い店の棚に並んだばかりの、焼きたてのクロワッサンにひばりは心躍らせる。小麦の味が感じられるカンパーニュ。ちょっとチープなお菓子パン。悩みに悩んでよく吟味してトレイに置いて、レジに持っていった。

「あらま。こっち戻ってきてたの！」

「そうなの、お盆だから。伊吹と日曜までいる予定」

「新八さんも嬉しいわね」

店のおばさんも子供の頃からの顔見知りなので、挨拶できるのが嬉しかった。

おまけしてもらったパン屋の袋を抱え、ほくほく顔で『ときとう』の二階に戻ってくると、ちょうど洗面所から出てきたばかりの伊吹と鉢合わせした。

「どこ行ってたの」

「ふふふ、ちょっとそこまで。朝ご飯のパン買ってきちゃった」

「朝ご飯……新八さんが作ってるけど」

彼は首にかけたタオルで顔を拭きつつ、背後の台所を指さした。

そこではじんべえ姿の祖父が火の前に立っており、出汁のきいた味噌汁と焼き魚の匂いがこちらまで漂ってくるのである。

「——いいの！　おじいちゃんのお味噌汁も、パンも大好きだから！」

結論としては、どちらも食べた。

「ひばり……無理しない方がいいんじゃ」

「無理なんてしてないし」

バターが染みる焼きたてクロワッサンを食べた後、白味噌（しろみそ）仕立ての豆腐の味噌汁を飲むと脳がバグるかと思ったが、どちらも貴重なものなのでパスするという選択肢はないのだ。

ちなみに伊吹は新八の顔を立て純和風の朝ご飯を食べており、彼の和と年長者を尊ぶ人柄がしのばれるのである。裏切り者め。

「おじいちゃん、今日はお店どうする？」

「あ、なんだって？」

「私たちさ、仕込みから入って手伝った方がいいよね」

「いいや、今日はおまえさんたちはいいよ。品数絞ってわしだけでやるから」

「遠慮しなくていいのに」

「それよりあれだ、二人で九滋（きゅうじ）たちのとこに行ってやってくれ」

新八の提案は、ひばりとしても意表を突かれるものだった。

伊吹が『九滋って誰？』と言わんばかりにこちらを見るので、パン屑のついた口許をぬぐってから教えてあげた。

「私のお父さん。今はお母さんやおばあちゃんと一緒に、地蔵山のお墓にいるよ」

そういうことなのだ。

一般的にお盆期間中というのはご先祖が実家に戻ってきている時期であり、その時期に墓参りをしたところで墓は空き家だという説もあるそうだが、新八いわく「うちは面倒で迎え火もなんもやってないから、たぶんまだいる」とのことで、そのまま墓参りに行くことになった。

「おじいちゃんて、信心深いのかそうじゃないのかよくわからないとこあるよね……」

「まあでも、こういうのって行ったたっていう事実が大事なんだと思うし」

「でもあっついよ……」

白い日傘を差すひばりは、あまり日陰のない上り坂を見上げて言った。伊吹も今日は熱中症予防のキャップをかぶっている。

地蔵山墓地は、一応京都市東山区の公設墓地だが、山と言うだけあって地形的には高台にあるのである。京阪線の最寄り駅からは、徒歩で約二十分。まあ行けるだろうとお供え用の花束その他を持って歩き出してしまったが、気候も相まってなかなか過酷な道のりなのだ。おとなしくタクシー使えばよかったと、すでに半分まで来てしまった今思った。

なんとか墓地の入り口にたどりついても、そこからさらに自分の家のお墓を目指して急な石段を上る必要がある。水くみ場で桶とひしゃくを借り、あと少しだと己を励ます。

個性豊かな墓石だらけの空間を、赤とんぼが数匹飛んでいった。

木々の切れ間をふと覗けば、登ってきた京都市内の町並みが一望できた。

「お、絶景だ」

「上がったんだよー、この足で。よくやったね」

ちょっとしたハイキングの達成感である。

しかし来ているのはひばりたちぐらいだと思っていたが、案外あちこちで線香を上げたり墓石を磨いている人がいた。お盆の帰省時でもないと来られない人は、意外に多いのだと知った。

「あ、そこだ。うちのお墓」

ひばりは頂上付近の一角を指さした。『時任家代々之墓』と書かれた、白御影石の墓石が目印だ。

(久しぶり、お父さん&お母さん。あとおばあちゃんと先祖代々の人)

まずは前回新八が供えたであろう花の残骸と線香の灰を綺麗(きれい)にし、桶の水をかけて墓石を磨くことから始める。

「……ひばりのお父さんって、三十二歳で亡くなったの?」

地面近くの墓誌の部分を磨いていた伊吹が、並んだ俗名と没年齢を見ながら聞いてきた。

「そうだね。私が七歳の時だから。父が三十二歳。母が三十一歳かな」

「若いんだね」

「やだなー、そのうち追い越しちゃうんだろうな」

駆け落ちだったという両親も、今は時任の墓の下で一つになっている。それが嬉しいことなのか、正直ひばりには確かめようがないが、今のところお参りに来る先はここと、実家の小さな仏壇しかないのが実情だ。

墓誌は長らく母の欄が最新だったが、ひばりが高校生の時に祖母が名前を連ねていた。この人も、明るくて草花が好きな優しい人だった。

持って来た仏花を花立てに移し、火をつけた線香を供えて、手を合わせる。

(……こういう時、どういうことをお祈りすればいいんだろうね。元気でやってます、でいいのかな)

以前に来た時との違いは、まず結婚をして京都を離れたこと。そして東京で暮らしはじめたことだ。

東京での暮らしはひばりの想像を遥かに超えていて、ちょっと伊吹とぎくしゃくしているのが悩み所だろうか。

しゃがんで手を合わせていても、日傘を畳んだ背中全体にあたる日差しが痛いぐらいで、ひばりはたまらず目を開けた。本当にこの陽気は鎮魂とか祈りとか、そういう厳かなものにむいていなかった。

横の伊吹もキャップは取り、形ばかり手は合わせているものの、目は目の前の墓石を見つめたままだ。

「……どうかした？」

「こういうの見てると、思い出すんだよね」

「何を」

「前に異世界での冒険が終わった後にさ、王様とか偉い人たちに聞かれたんだよ。イブキよ、おまえは元の世界に戻りたいかって」

あまりに話の脈絡がなさすぎて、失礼ながら一瞬暑さで頭がやられてしまったのかと思ってしまった。

「それでどうしたの？」

「そういう時って、大抵そこそこの結果は残してるし、元の世界で今より大きいことがやれるかって言われたらまず無理だと思うし、なら居続けても問題ない場合が多いんだよ。実際それで、ランズエンドに骨埋めることを選んだ先輩がいるのも知ってるし――あそこでできた繋がりが、経験したことが、それだけ大きかったってことだから、俺も気持ちはすごいわかるんだよ」

こんなに切なそうな目をして、彼にここまで言わせる異世界の光景を、ひばりは一度も見たことがない。彼らの言葉を信じるなら、きっとこの先も訪れることはないのだろう。

あの時は単純に、自分の適性のなさを残念に思う程度だったが、もっと真剣に考えるべきだったろうか。

この人はもうずっと、ここではない場所を懐かしく思うようになっていたのだから。

「ねえ、伊吹って……」

「ただそうすると、こっち側の世界には『これ』が立つことになるんだよね……」

続けて伊吹は、目の前の『時任家代々之墓』を、真顔で指さした。

そこでさきほどの、異世界と墓石の連想ゲームになるわけか。

なんというか、こんなに嫌な思い出し方と関連付けもないと思う。

「……厳しいね……」

「失踪宣告から七年で死亡扱いになるって聞いて、その時はさすがに抵抗あったから一回戻ったんだよ。それでもけっきょくランズエンドのことが気になって、どっちつかずの生活してきたんだけどさ……」

伊吹は墓を眺めて、小さく息をついた。ため息に自嘲が混じった、失笑に近いものだったかもしれない。

「中途半端はよくないってことかもしれない。俺はひばりを巻き込んで、怖がらせただけだったんだから」

それを横で聞いた時、ひばりは思わず耳を疑い、ついで本気で言っているのだと気づいて猛烈に腹がたったのだ。

「……なにそれ。けっきょく逃げるの？　やっぱりランズエンドの方がいいですって？」

伊吹が、はっとしたように振り向いた。

「たった一回……たった一回相手をびびらせたからってなんなの。それぐらいなら家にGのつく虫が出た時の方が、よっぽどびびってるわよ。伊吹はあれより弱腰ってこと？　虫以下なの？」

「なんでそうなるんだよ！」

「驚くのはしょうがないでしょ、人間なんだから！　でもいつか慣れるし対策も考えるわよ。そうしてくれってどうして言わないの」

「言えるわけないだろ。普通じゃないのに」

「どうして？　もう夫婦なんだよ私たち」

病める時も健やかなる時もと、教会で誓ったわけではないけれど。でも、これからずっと一緒だと約束して結婚しただろうに。

「伊吹の人生の半分が、あっちにあるのはわかるよ。でも諦めないでよ、私のことも。それともみんな嫌になっちゃったの……？」

目の前がハレーションを起こすほどくらくらするのは、この逃げ場のない暑さのせいか怒りのせいか、はたまた別の何かのせいか。

狭くなる一方の視界の先で、伊吹もまた葛藤のまま拳を握り、うめくように言った。

「違う――愛してる」

「私もだよ。なんかもう頭痛くなってきた」

「暑いからだよ。早く日陰行こう」

両親や祖母が眠る墓を後にし、涼しい場所を求めて避難した。

日陰の階段に腰を下ろして涼んでいると、伊吹がどこからかスポーツドリンクを見つけて買ってきてくれた。一本は普通に飲み、もう一本は目や首筋を冷やすのに使った。

伊吹が一つ上の段に腰を下ろす。

「お墓の前で、とんでもないケンカしちゃったな……」

「たぶん新八さんの家の方にみんな行ってるから、聞いてないよ」

できればそういうことにしたいが、なおさら意味のない墓参りではないだろうか。

あるいは見かねてケンカさせてくれたのかもしれない。夫婦としては先輩の人たちだから、悩んだままで向き合えないこちらの背中を押してくれたとか？　さすがに都合がいいだろうか。

「……なあ、ひばり」

「んー？」

「俺さ、諦めないよ」

「そう。お願い」

「絶対に」

何かを腹に決めたような伊吹の声。ひばりは水滴の浮いたペットボトルで目のあたりを冷やしながら、それを聞いた。

ようやく頭痛がおさまってきて、帰りは駅に向かう長い長い下り坂を、伊吹に付き添われながらそろりそろりと歩いていった。相変わらず会話は少なめだったが、現状でひばりの体力ゲージがゼロに近いのと、隣にいる人が歩幅を合わせて歩いてくれているのがわかるから、もう寂しいことはないのだ。

＊＊＊

「——あれ、伊吹は？」

『ときとう』の家に戻ってきて。

ひばりは早々に寝込んでしまっていたが、起きたら伊吹の姿が見えなかった。

時計を確かめると、午後の七時半過ぎである。一階に下りて店舗エリアを覗いたら、新八が一人で閉店前の接客をしていた。

「伊吹君か？　出町柳駅のセブンイレブンまで行ってくるって、今さっき出ていったとこだぞ」

「えー」

行けるわけないだろうに、こんな時に。

まっさきに思ったのは、伊吹の無謀さだった。

「ちょっと迎えにいってくるよ」

「頭痛いのは治ったのか？」

「治った。完璧。じゃあね！」

寝間着のTシャツ&短パンの下だけはき替えて、家を出た。

一番近いセブンイレブンは、商店街を出て鴨川(かもがわ)デルタの橋を渡った先にある。ふだんなら十分もしないで到着するが、今日は混雑し過ぎて橋を渡るのも大変だろう。

県道に出たところで、ひばりは伊吹にメッセージを送った。


『今どこ？』

返事はすぐに来た。

『出町橋(でまちばし)の近くのファミマにいる』


やっぱりなと思った。『行くからそこにいて』と打って、足をさらに速めた。

こちらのコンビニは橋の手前にあり、店内の明るい照明で雑誌を立ち読みしている伊吹の姿が、外にいてもよく見えた。

ファミマ独特の入店チャイムを響かせ、中に入る。伊吹のポロシャツの肩を叩いた。

「やっほ」

「ひばり」

「なんでいきなりセブンイレブン？」

伊吹は車雑誌を棚に戻すと、気まずそうに目をそらした。

「……ひばりが起きたら、なんか食べるかと思ってさ。俺、スープとプリンはセブン派なんだ」

「そうなんだ。わざわざありがとう」

「ファミマももちろん悪くないんだけど」

結果としてファミリーマートのプリンとチルドスープが入ったビニール袋をさげている伊吹としては、言い訳せずにはいられないのかもしれない。なんとなく周囲のお客さんや、店員さんへの義理立てとして。

でもそういう気遣いも含めて伊吹らしいいし、思いやりが嬉しかった。

「それで駅前まで行こうと思ったら、なんか出町橋も賀茂大橋も異様に人が多いんだよ。警察の人とか立ってるし。今日何かあるの？　花火とか？」

「そういうんじゃないんだけどね。どうせなら、自分の目で見に行ってみる?」

一緒に店を出た。

鴨川の岸は、すでに見物客でいっぱいだった。高野川との合流地点である鴨川デルタも、今は暗くてわかりづらいが、大勢の人が集まっているはずだ。

ひばりたちは、出町橋のたもとで時が来るのを待った。人は多いが、川音が絶えず聞こえ、川縁特有の開放感があることだけが救いである。

(そろそろ八時)

やがて――木々と建物の切れ間に見えるお山のあたりが、ちらちらと光りはじめた。

「ほら伊吹、あれ見て」

その光は黒い山の斜面を焦がして、大きな大きな『大』の字の形になった。

――五山送り火。

毎年八月十六日に、市内五つの山で『大』、『妙と法』、『船形』や『鳥居』の形の炎が次々と上がり、死者の霊をあの世へ送り届けるのだ。葵祭・祇園祭・時代祭とともに、京都の四大行事に数えられている。

今ひばりたちが見ているのは、浄土寺如意ヶ嶽で点火した、『大』の字だ。一つ先の賀茂大橋の方に行けば、東山で点いた『法』の字も一緒に見られるだろう。そういうわけで、このあたりは古来の昔から絶好の送り火鑑賞スポットとされているのだ。みな一生懸命スマホをかざして、夜空に浮かび上がる送り火を撮影している。

ひばりにとっては物心ついた頃からそこにある風物詩で、横で食い入るように見ている伊吹の反応の方が気になった。

「大文字焼き……だよね。この時期にやるんだ」

「そうだよ。お盆の送り火の、一番大きいやつだもん」

「知らなかった。綺麗だね」

「伊吹も一年はこっちにいたのに、お祭りとかぜんぜんだったね」

からかう感じで言ったら、伊吹は「そうだね」と素直だった。

「こっちに赴任したのは、本当にただの仕事でさ。本部の『額縁』使うよりも現場に行きやすいって理由だけで、長めの出張ぐらいの気持ちで赴任したんだ。終わったら閉鎖することも決まってたしね。こっちのアパートなんて、ただ布団が置いてあるだけって感じだった」

「あー、わかるわかる。どういう生活してるんだって思ったもの」

「あれ、来たことあったっけ？」

「一回だけ覗いたことあったよ。伊吹が風邪引きでお店来て、それでも鯵フライ頼もうとしてたから、お粥とスポドリ届けてあげたことあったでしょ」

「え、ごめん。かなり記憶が薄い」

「朦朧としてたもんねえ」

こちらとしては、けっこうなインパクトがあったのだが。

伊吹は本当に記憶にないようで、ちょっと愕然としている感じだった。

「……ともかくその時頭にあったのはランズエンドで起きてるトラブルだけで、近所に知り合いとか一人もいなかったんだ。行事とかもぜんぜん興味なかった。その時まともに喋ったのはそうだな、『ときとう』で弁当を買う時の店員さんぐらいだ」

暗闇に、こちらを見つめて笑う伊吹の顔が見えた。

だからひばりも笑ってあげた。

「ほんと寂しい人ですねえ」

「その店員さんがね、今日はどこそこのお寺の桜が咲きましたとか、あそこの神社でお祭りがありますよとか教えてくれてね。俺は初めて帰り道に桜の木があることに気づいたんだよ。どれだけ歴史があって、綺麗な街に俺が暮らしているかも。その時鴨川の土手で食べた鯵フライも、めちゃくちゃうまくて泣くかと思った。俺は彼女と鯵フライを讃えるべきだと思った」

「……だから同じお弁当ばっかり食べてたの……？」

「土手のトンビに鯵フライ食われたって言ったら、笑ってくれた。目がくりくりして可愛かったなほんと」

知らなかった。不慣れな土地で仕事をがんばっているらしい姿が気になって、つい声をかけてしまっていただけなのだ。

伊吹が常連になってくれて嬉しかったし、トンビのエピソードを聞いた時は、真面目そうなのに突拍子もないことぶっ込んでくるなと感心してしまったのである。

一方的に教えるだけだったのに、自分から表の天気や花の開花を教えてくれるようになった時は、ちょっとした革命だと当時の日記にも書いたものだ。

小さな交流は、相手への関心を呼び、やがて恋に変わった。

「ひばりはいつも俺に、大事なことを教えてくれるんだ。そのことを絶対に忘れちゃいけないって、今すごく感じてるよ」

夜空に浮かび上がる送り火は、夏の終わりの始まりだ。

こうして二人で特別な夜を共有できるのは、決して当たり前の出来事ではないのだろう。

「そうだね。私も寝ながら考えたんだけどさ、伊吹が自分の選択を良かったって思ってくれたら、私はすごく幸せなの。そのためにがんばろうと思うんだ」

隣にいるこの人は、アースサイドで過ごした時間や絆を捨て、ランズエンドだけを見て過ごす道だって選べた。でも、あえてそうしなかった。

だったらこれから先、その選択が間違っていなかったと、伊吹が少しでも思ってくれればポイント一だ。こちらで生活を共にしている妻としては、そのあたりががんばりどころのように思うのだ。

寄り添う延長で、自然と手を繋いでいた。

「ありがとう。俺ってほんと幸せ者だ」

「いいお嫁さん？」

「たぶんそれ」

さっそく一点貰ったと思っていいだろうか。伊吹はちょっと照れたように、鼻のあたりをおさえていた。

「そろそろ行こうか」

「そうだね。伊吹買い物してるし」

五山送り火の点火は、一時間ほど続く。しかし、伊吹の手には要冷蔵のプリンやスープがあると思えば、あまり長居はできなかった。

繋いだ手を離すのは名残惜しくて、そのまま見物の列を抜けて歩き出した時、急に伊吹が「ちょっとごめん」と立ち止まった。

「どうしたの？」

「……いや、なんか呼び出しくさい」

パンツのポケットからスマホを取りだし、眉間に皺(しわ)を寄せて、開いたメッセージ画面を凝視している。

ひばりの勘違いでなければ、その『呼び出し』先というのは、十中八九ランズエンドのことだろう。

伊吹はコンビニ袋を持った手で、頭をかいた。

「参ったな。明日朝一で帰ればいいのかな」

「えー、帰るの！」

「ちょっとトラブってるみたいだ。ひばりは予定通り、最終日までいればいいよ。せっかく指定席取れてるんだし」

それにしたって、明日の朝一で京都駅の新幹線ホームに並び、Uターンラッシュが始まった『こだま』なり『ひかり』なりの自由席で、三時間立ちっぱなしの刑を味わって帰るつもりか。終わっているというか、死んでしまうぞ。

「どうにかならないの。あ、ほら。前に使ってた、京都の転移ポイント使うとか」

「あそこも閉鎖されてるからなあ」

「伊吹の職場ブラックすぎない？」

つい勢いでたたみかけてしまったが、伊吹はこちらの苦言を真面目に受け止め、眉を下げた。

「……助けが必要な人がいるんだよ」

困りきったその一言に、ひばりははっとする。

きっと伊吹は伊吹なりに、ひばりに対して大変申し訳なく思っているのだろう。彼の性格なら、必然的にそうなる。それでも目の前でSOSを出す人がいたら、そちらのことも放ってはおけない。だって彼は勇者だから。

このあたりのことをわかっていなければ、三輪伊吹の妻は務まらない。

「――いや、いい。行くがよい勇者よ！」

「いて」

「異世界の平和を守れ！」

ばしっと背中を叩いて、明るく送り出してあげることにした。

京都中の精霊さんが、あの世に帰る日の翌朝。勇者イブキは異世界に飛ぶ。

ひばりは東京佃の家で、彼を出迎えることになるだろう。その時は笑って言おう。お帰りなさいと。

＊＊＊

お弁当というのは、ぶっちゃけただ詰めればいいというものではなく。

四角、もしくは楕円形の狭い空間に、主菜と副菜と箸休めを彩り良く、かつ簡単に崩れぬようバランスを考えて詰める必要がある。いわば箱庭の創造主となるのだ。

（——なんて、朝のばたばたしてる時に、難しいことやってられないけどね）

ひばりはただいま台所で、八枚切りの食パンにからしとマヨネーズを塗りたくっている。

一通り塗れたら、ホットサンドメーカーで四角く焼き上げた出汁巻き卵を、丸ごとどさっと載せてしまう。

普通の卵焼き器ではなくホットサンドメーカーなのは、もともと食パンと同じ形とサイズで、サンドイッチの具を焼くのにぴったりだからだ。

再びからしマヨネーズを塗ったパンを載せ、ラップにくるんで馴染ませる。サンドイッチの準備は、これで完了。

「ひばりー、パン焼けたよ」

ちょうどトースターからバターロールを取り出した伊吹が、ひばりを呼んだ。

「OK、今行く」

ひばりもダイニングテーブルの、自分の席につく。

「台風どうなってるって？」

「なんか逸れそうだよ。関西の方行きそう」

「え。おじいちゃん大丈夫かな」

伊吹がお盆時の京都からとんぼ返りして、ランズエンドに行ったのが一週間前のことだ。彼は一昨日ようやく帰ってきた。

行く前は難しい顔をしていたが、戻ってきた時は多少すっきりした感じになっていたので、差し迫った問題というのはひとまず解決したのだろう。勇者によって救われた人が、あちらの世界にまた増えたに違いない。

「そうだひばり。急で悪いんだけど、今夜何人か連れてきてもいい？」

「うわ。いきなりかー」

「お願いします。部長がこっちの業者と、商業ギルドの組合長を引き合わせたいらしくて。雪華竜関連で」

ワイシャツにネクタイ姿の伊吹が、両手を合わせて頭を下げる。

そういうのは勤務時間中にすませてくれと思うが、この家は『ＭＫＬ』所有の社宅である以上に、彼らの第二の巣のような感じになっていた。

(雪華竜がらみの話なら、仕方ない)

ひばりは認めた。

「――わかった。許可します」

「助かります」

「ただし、夕方までに人数確定させといてね。食べられるものと、食べられないもののリストも。買い出ししないといけないから」

「もちろん。ありがとう」

自分のしたことが、間接的に誰かを救っている。あるいはもっと、直接的に救いたいと思う人がいる。そういう複雑な矢印が作用しあって、世界というものは今日も回っている気がするのだ。

ひばりが助けたいのは、今のところこの人だ。

「……そろそろ時間だ」

「あ、ちょっと待って伊吹。最後の仕上げが」

時計を見て呟く伊吹に、ひばりは立ち上がった。

ラップにくるんで馴染ませてあった、作りかけのサンドイッチ。パンの耳の部分を包丁で切り落とすと、曲げわっぱの弁当箱の中央にインする。

残りの隙間に作り置きのキャロットラペ、ミニトマト、ホットサンドメーカーで焼いたウインナーを手早く詰めれば、厚焼き卵サンド弁当のできあがりだ。

ゆで卵を刻んでマヨネーズで和えるタイプよりも、この厚焼きタイプはがっつりみっしりで食べ応えがあるのだ。自分と伊吹の二人分の蓋を閉めて、保冷剤と一緒にそれぞれ巾着に入れた。

「はい。今日のお弁当」

「サンキュ」

受け取る時の伊吹はいつも嬉しそうで、これだけでちょっといいことをした気になった。

ついでに玄関先まで見送る。

たとえ古井戸から異世界に行けても、会社への届け出のために通勤経路を曲げないのがひばりの夫だった。

「それじゃ、行って来ます」

「いってらっしゃい。気をつけてね」

「ひばりも」

伊吹が玄関から出ていくのを、たたきまで下りて見届けた。

最後は一人、うんと大きくのびをする。

「……さーて。パート行く前に、洗濯機回しておくかな」

ためしに軒先から覗いてみた空は、なんでも叶いそうなほどよく晴れていた。

あとがき

ちょっと昔書いた本のネタばれ（本筋とは関係ないですが）が入るので、そういうの一切ムリ、という方は前のページで終わりということにしてください。

さて、今はこうして富士見（ふじみ）L文庫などでライト文芸を書いている私ですが、その前は少年向けライトノベルなども書いておりました。

現代ラブコメなんかも書きましたが、普通の高校生が異世界に飛ばされて勇者や魔王とうんぬんかんぬんする、いわゆる異世界転移ものも二シリーズほど書きました。

どちらのシリーズの主人公も、なぜか元の生まれた世界に戻らなかったところだけは共通していました。いえ、なぜかというのは適切ではないですね。その話の中ではそうするのが一番自然で、主人公の選択としてはこれしかないと思って書いたわけですから。

お話としては満足のいくエンディングが書け、今でもみなさんに読んでもらえたらと思っていますが、一方でずっと彼らの選択について考えてきました。居残ることで最善をつかみ取った少年たちですが、仮に戻っていたらどうなっただろう。どういう条件なら幸せになれたのかなと。

そういう喉の奥に引っかかった小骨を取りたくて書いたのが、この『旦那の同僚がエルフかもしれません』です。

肝は勇者が今住んでいる世界だろと思い、異世界のことはまるで知らない嫁に出張ってもらいました。久しぶりのファンタジーでしたが、ライト文芸で現代日常ものとがっぷり四つに組んできた今だからこそ書ける、そういうお話になったと自負しております。楽しんでいただければ幸いです。

装画のコタチユウ様。『人生で一番似ていると言われたのはペコちゃんとキューピー人形』、どんぴしゃなひばりをありがとうございました！　伊吹（いぶき）もアロイスもみんな生きています。そしてかなり冒険だったテーマを、ありのままに拾ってくださった富士見L文庫にも大きな感謝を。こうして今あとがきが書ける幸せをかみしめております。

それではここまでお読みいただき、まことにありがとうございました！

竹岡葉月

お便りはこちらまで
〒一〇二―八一七七
富士見L文庫編集部　気付
竹岡葉月（様）宛
コタチユウ（様）宛

本書は、カクヨムネクストに連載された「旦那の同僚がエルフかもしれません」を加筆修正したものです。

この作品はフィクションです。

実在の人物や団体などとは関係ありません。

富士見L文庫

旦那(だんな)の同僚(どうりょう)がエルフかもしれません

竹岡葉月(たけおかはづき)

2024年11月15日　初版発行

発行者　山下直久
発　行　株式会社 KADOKAWA
〒102-8177　東京都千代田区富士見2-13-3
電話　0570-002-301（ナビダイヤル）

印刷所　株式会社暁印刷
製本所　本間製本株式会社
装丁者　西村弘美

定価はカバーに表示してあります。　◇◇◇

●お問い合わせ
https://www.kadokawa.co.jp/（「お問い合わせ」へお進みください）
※内容によっては、お答えできない場合があります。
※サポートは日本国内のみとさせていただきます。
※Japanese text only

ISBN 978-4-04-075634-9 C0193